PASSOS PERDERAM POSSIBILIDADES PEREGRINAS

Evandro Affonso Ferreira

PASSOS PERDERAM POSSIBILIDADES PEREGRINAS

São Paulo
2022

Título Original no Brasil
Passos perderam possibilidades peregrinas

Copyright © 2023 by Evandro Affonso Ferreira

Todos os direitos reservados. Proibida a reprodução, no todo ou em parte, através de quaisquer meios.

Editoração: S2 Books
Capa: Marcelo Girard

Imagem da capa: Mangey tourist cat (33641622955).jpg
Mangey tourist cat
Martin Lopatka
March 5, 2017
Creative Commons Attribution-Share Alike 2.0

Direitos exclusivos de publicação somente para o Brasil adquiridos pela AzuCo Publicações.
azuco@azuco.com.br
www.azuco.com.br

Dados Internacionais de Catalogação na Publicação (CIP)
(Câmara Brasileira do Livro, SP, Brasil)

Ferreira, Evandro Affonso
  Passos perderam possibilidades peregrinas / Evandro Affonso Ferreira. -- 1. ed. -- São Paulo: Azuco Publicações, 2023.

  ISBN 978-65-997703-7-1
  1. Ficção brasileira I. Título.

23-145584   CDD-B869.3

Índices para catálogo sistemático:
1. Ficção : Literatura brasileira B869.3
Henrique Ribeiro Soares - Bibliotecário - CRB-8/9314

Quando soar o último clarim, seus olhos abrirão as cortinas do tédio para esvoaçar, triunfantes, entre as colunas do amanhã.

Para meu amigo Leo Lama

Prefácio

Tudo em Evandro é linguagem, mesmo quando ele diz não ser. Sim, sei que você, como eu, já leu (ou assistiu) inúmeras entrevistas em que ele marca um corte em sua obra: de interessado, no início, na "vida das palavras", teria se convertido, em algum instante, em focado na "morte das pessoas". Assim, de *Grogotó, Erefuê* e *Zaratempô*, seus livros passaram a ostentar títulos como *Minha mãe se matou sem dizer adeus*, ou *Nunca houve tanto fim como agora*.

Há de se decepcionar, contudo, quem esperar um enfraquecimento no projeto poético que informa a prosa de Evandro. Ele continua a moldar cada frase com apuro de ourives, buscando a palavra justa que se encaixe na cadência inequivocamente musical de seu estilo.

E aqui, a rigor, nem dá para falar na "morte das pessoas". Pois, após abordar a perda da mãe, o afastamento da amada, o desaparecimento dos amigos, Evandro agora toca nessa tragédia cada vez mais pungente em nossa era de solidão e incomunicabilidade, de apartamentos minúsculos que são, a um só tempo, moradia e local de trabalho: o falecimento de um gato.

Não se trata de um gato ardilosamente antropomórfico, como o pomposo Murr, de E.T.A. Hoffmann, ou o diabólico Behemoth, de Bulgákov. O bichano de Evandro é inescapavelmente felino eivado de "desapego absoluto às risonhas expectativas". Após sua perda, causada por descuido do proprietário – um fatal rolo de barbante jogado em um canto da sala –, este se sente "fisgado por desesperança sem fúria" e, nos passeios agora solitários pelo bairro, "quarteirão perdeu topografia do entusiasmo".

Mas a literatura está lá, o tempo todo, à espreita. O gato Altazor "dormia sempre sobre aquele volume de capa dura da obra completa de Bruno Schulz", e retira seu nome de um livro de Vicente Huidobro.

E o dono é um tradutor, cujos escassos acontecimentos da rotina de *home office* têm como marco temporal os capítulos e páginas dos livros em que está a trabalhar.

Leitores mais atentos identificarão o narrador com José Paulo Paes (1926-1998), amigo e mentor de Evandro e tradutor de diversos autores citados no texto, de Laurence Sterne a Kazantzakis, passando por Kaváfis, Ovídio, Aretino, Auden, Paul Éluard, Willa Cather e Dino Buzzati.

E, ao homenagear o amigo, Evandro redige algumas das mais belas sentenças já proferidas a respeito do ato de traduzir. O narrador traduz "para não sucumbir", para não se "subjugar à autonomia do Desencanto", para "despertar da modorra, da lenteza do próprio cotidiano – dias borrifados de água do rio-rotina", para "não transitar tempo todo pelas vielas do Incompatível, do Incongruente", em uma "prevaricação lúdica com palavras alheias". Quem não traduz assim, não traduz. Evandro, ironicamente, não traduz – mas sabe como o ofício funciona.

E logo descobrimos que, na vida do narrador, há outras perdas cujas cicatrizes reabrem com o desaparecimento do gato, camadas discursivas aflorando no fluxo irreprimível de sua prosa avassaladora. E os mais hedonistas entre nós havemos até de ficar felizes com isso. Pois, como Evandro sempre diz, "tudo que é ruim pra vida, é bom pra literatura".

Irineu Franco Perpétuo

Passos perderam possibilidades peregrinas

Chamo à memória seu sumiço naquele período em que me envolvia tempo todo vertendo-traduzindo *Ascese*, de Kazantzakis: ele, ateu à procura de deus; eu, agnóstico procurando um gato – epifanias díspares. Treze horas seguidas num ziguezague entre os chamuscos da saudade e da inquietude e do desespero. Altazor... Altazor... Altazor... Sensação de que você vez em quando lia comigo trechos do poeta grego – possivelmente fugiu quando leu *Não aceito os limites! Os fenômenos não me podem conter!* Treze horas seguidas... Sempre foi difícil para mim desvendar meandros que se camuflavam no subsolo de sua alma atafulhada de inquietudes felinas. Treze horas seguidas... Entre página e outra de versão-tradução tentava-procurava traduzir grafia lúgubre-rebelde de seus passos pelas vielas da transcendência, seus saltos possivelmente desvendando lonjuras. Altazor... Altazor... Altazor... Sempre fomos seres opostos em quase tudo: você, sim, sabia seguir em frente afastando obstáculos obtusos e seus inconvenientes apetrechos: voltou treze horas depois aparecendo de súbito na janela, me olhando tentando-querendo, quem sabe, me dizer, à semelhança dele, Kazantzakis: *Olha só: vivem, trabalham, amam, esperam. Olho outra vez: e já todos terão desaparecido.*

Sensação de que éramos criador-criatura ao mesmo tempo. Sabia que naquelas noites insones, Billie Holiday, além de acalentar minha viuvez, aquietava também suas perdas genealógicas: você nunca disfarçou seu olhar-abandono: percebi assim que encontrei você miando-gemendo naquele beco distante daquela manhã fria de julho. Criador-criatura vivendo sob o signo do desamparo. Agora? Raramente ouço música – motivo pelo qual vez em quando me assusto com o timbre sombrio de seus miados etéreos pelo canto da

casa: nem sempre é possível adestrar o Invisível. Agora? Homem-
-Pássaro cabisbaixo, ao rés do chão, desapontado com a impotência
dos próprios élitros.

Apenas você e minha amada Dora, Doce-Dora, sabiam dos
meus medos múltiplos; sabiam que quase nunca conseguia me expor, altivo, diante dos tentáculos do Imponderável; sabiam-acompanhavam de perto meus esforços autodidáticos para empreender
com altiveza essas infindáveis traduções gregas e latinas e inglesas e
outros tantos idiomas. Dora... Dora... Doce-Dora...

Com o tempo, descobrimos que é aconselhável não contrariar
os sussurros plangentes do Acaso; que devemos nos acostumar com
os balbucios da morte. Hoje cedo caminhei pela primeira vez sozinho – sem você, Altazor: quarteirão inteiro parece que perdeu de vez
a topografia do entusiasmo; voltei logo: indecisão itinerária estropiou meus passos; dia perdeu de vez sua nomenclatura.

Nunca entendi motivo pelo qual você, gato-grato, entre tantos
livros espalhados pela sala, dormia sempre sobre aquele volume de
capa dura da obra completa de Bruno Schulz. Será que meu felino-
-literário sonhava com aquela época genial sobre a qual falava o autor? Será que você entrava sorrateiro-sonâmbulo naqueles acontecimentos que chegam tarde demais, mesmo quando todo o tempo já
foi distribuído, dividido, desmontado? Ou será que o tempo não foi
estreito demais para abrigar seu próprio sonho? Ou será que nesses
conjuntos de imagens que se apresentavam à sua mente durante
seu sono, você entrava sorrateiro-sonâmbulo numa tal primavera
que finalmente constituiu-se na verdade, explodiu no mundo inteiro como a primavera geral e definitiva? Altazor... Altazor... Altazor...

Ah, meu saudoso-inesquecível gato: sensação de que você
agora, ao contrário de Ulisses, encontrou num espaço estratosférico qualquer outra ilha dos lotófagos para, desta vez, contrariando o

destino do herói grego, comer as tais flores do esquecimento e nunca mais voltar para casa.

Viver sem Dora, agora sem você? Não estava preparado para esta emboscada fatal. Jeito? Catalogar contratempos na volumosa pasta dos percalços. Extinto afilhado escritor cujo primeiro livro prefaciei, escreveu: *Reveses enriquecem biografias empobrecem epitáfios.*

Não posso deixar que fragmentos deste diário sejam afluentes de imenso rio cujo nome é Melancolia. Entanto, impossível desconsiderar: inventor do sombrio é muito perspicaz. Agora aqui neste quarto-claustro de estreiteza espacial arbitrária, lugar no qual solidão se aconchega – lusco-fusco arrepiante. Sei que desconsolo é terreno fértil para boa vindima – literária: ainda sobrevivo respaldado nos vocábulos.

Ah, meu gato-grato... agora vivo meio deslocado: só pertenço de viés ao cotidiano. Semana inteira de inacessíveis euforias – desânimo, este sim, de fácil acesso. Ontem, noite quase toda, privilegiei minha solidão relendo Dante – solitude de complexa substância poética, em terza rima; reclusão recheada de ambiguidades e polissemias, sombras e luminosidades, uivos terríveis e cantos celestes. Dora diria: solidão epopeica, alegórica. Ah, curso erradio desses rios sem lei... O dia detém meu passo, a noite cala meu grito.

Chamo à memória horas em que você ficava quieto ali no canto da sala possivelmente olhando de soslaio o subsolo da Transcendência; ou querendo, talvez, ouvir eco desmesurado do Sempre; ou, na pior das hipóteses, tentando atrelar os nexos aos paradoxos. Sei que à sua volta fulgurava auréola da sensibilidade; mamífero carnívoro afeiçoado aos sutis: sensação de que você naqueles instantes reflexivos se preocupava inclusive com a ausência de hastes no caminho dos prováveis-frustrantes ventos. Eu? Conseguia entrar nas entranhas dos versos de Kaváfis, Ovídio, Aretino, Auden, Paul Éluard, tantos outros, mas nunca soube engolfar-me nos abismos, seus abismos, seus escaninhos, seus sub-reptícios felinos. Altazor... Altazor... Altazor... Desconfio que você conseguia esculpir com seu olhar azul-turquesa o Inexistente, adivinhar vez em quando seus esplendores ocultos.

Agora posso-devo mais do que nunca repetir ad nauseam estes meus versos: lá me vou sem vez nem voz rolar a pedra dos mudos pela montanha dos sós. Altazor... Altazor... Altazor... O que fazer com esses amanheceres irreconhecíveis, escassos de surpreendências? E esses fartos fardos, cujo nome é Inquietude? Palavras caminham pelas páginas deste diário com indisfarçável tatear sonâmbulo.

Muitas vezes deixava minhas traduções de lado para olhar minutos seguidos você debruçado sobre o parapeito da janela, possivelmente às voltas com pensamentos truncados-inacabados – vivendo talvez momentos de escuridão íntima. O vão na parede externa do edifício parecia seu território do desconsolo – moldura ensombrecida pela atmosfera pesada: eflúvios felinos da solidão, talvez. Olhar de espera inútil: possivelmente sentindo saudade dos progenitores que nunca teve.

Agora caminho um pouco. Há muitas ruas sem saída perpendiculando esta avenida. Sinalizações são precárias, meus passos empacam, não há seta alguma indicando para baixo numa esquina qualquer: ALHURES É AQUI. Volto.

Vivo tempo tisnado, enegrecido pelas baforadas do marasmo. Sei que é inútil tentar se digladiar com os espectros do remancho. Dora e você, Altazor, sempre souberam que, pragmático, nunca tentei decodificar a anatomia do Presságio; nunca consegui viver nesse compartimento de reduzidas proporções, cujo nome é Pressentimento. Mesmo assim, desconfio que agora sou poeta-poema em estado de incompletude numa pasta de guardados.

Agora, depois de tudo, sei: sobre o parapeito da janela, você permanecia horas seguidas incluso nos outroras tentando, a todo custo, apalpar ausências ancestrais-felinas; horas seguidas confeccionando arredios para autoconsumo – afagando as próprias contemplações. Altazor... Altazor... Altazor... Abandono prematuro deixou você despreparado para habitar a Realidade.

Ah, gato-grato... simultaneidade... são as tais ocorrências de eventos que, por acaso, se dão ao mesmo tempo... Semana passada, pouco antes de sua ida definitiva, estava terminando, dando retoque final na tradução do livro de Willa Cather: *A morte vem buscar o arcebispo*. Buscou você também. Estava terminando de trazer à ideia em português palavras dela, aquela que passou a juventude nas pradarias do Oeste americano. Cenário deste romance? Novo México nos meados do século XIX, pouco depois de a região ter sido anexada à área territorial dos Estados Unidos. Até hoje, quando procuro um livro na estante, evito fixar os olhos na lombada desta magistral obra: me provoca sentimento de culpa, talvez. Sim: atento às finalizações tradutórias, não ouvi-percebi sua respiração ruidosa, sua agonia, seus arquejamentos finais ali no cômodo ao lado.

Dora... Dora... Doce-Dora... Agora, depois de décadas exercendo o ofício de acariciar-lapidar vogais e consoantes, quero-preciso transformar as palavras nos mais sublimes versos que pudesse atingir o patamar mais alto do Incognoscível – poema transcendência. Sinto que há certa magia quando toco-moldo lento, suave, essas teclas místicas atafulhadas de reminiscências idílicas. Sensação de que meus movimentos prestidigitadores transformam cada palavra numa substância mnemônica. Meus dedos em contato com estas teclas mágicas fazem restabelecer na memória momentos de afagos infindáveis com você, Dora, Doce-Dora que voltará jamais. Quero-preciso criar poema mágico capaz de circunscrever a sombra do impalpável, todas as entranhas, todos os sumidouros do Inexistente.

Quero-preciso manufaturar-criar o mais belo e o mais sublime e o mais encantador de todos os versos, para, ratificando meu sentimento melancólico de incompletude, escrever nele, neste deslumbrante poema-póstumo, a palavra: SAUDADE.

Altazor... Altazor... Altazor... Agora, nos últimos dias, são meus olhares que conclamam ressurreições... Sonhei ontem à noite que havia entrado numa escola-ceramista distante, perguntando ao mestre de plantão: *O senhor seria capaz de me ensinar a moldar com argila mágica o Regresso?* Resposta do iluminado mestre: *Dirija-se, por favor, ao segundo andar, sala 13: no fundo, canto esquerdo, sobre pequena mesa, o senhor vai encontrar balaio cheio atafulhado de forminhas de Ontens.*

Agora aqui definitivamente só, olho vez em quando para quadro inacabado ali na parede, que Dora não terminou, depois para acolchoado vazio no canto da sala, sobre o qual você, Altazor, dormia tarde quase toda; sinto que estou sob preponderância das invisíveis transmutações do acaso; que coleciono, sem saber, abstratos; que pratico acrobacias utópicas com poção de éter que foge ao controle da tampa do frasco. Sim: olho triste para esses objetos mnemônicos carentes de apalpamentos.

Dora... Dora... Doce-Dora... chamo sempre à memória aqueles infindáveis dias em que você entrava neles, meus delírios, meses antes de amputar minha perna esquerda. Quando me acalmava, você sempre dizia, baixinho: *Ah, meu poeta! Encontramos todos em estado constante de vulnerabilidade.* Depois, em tom de pilhéria, contemporizava: *Esse Deus imaginário que você propaga em verso e prosa, cuidado: poderá nascer a qualquer momento.* Dora... Dora... Doce-Dora... Agora? Tempo todo me embrenhando nos redemoinhos póstumos. Sim, amada imortal: sem a pequena morte de toda noite, como sobreviver à vida de cada dia?

Acordei pensando concluindo que você, Altazor, e eu não sabíamos pressentir os incógnitos, os impresumíveis com nossos olfatos de aparência metafísica transcendente.

Chamo agora à memória epitáfio criado por ele, extinto afilhado escritor cujo primeiro livro prefaciei: VIVER? NÃO ESTAVA PREPARADO PARA ESTA EMBOSCADA.

Simultaneidade... são as tais ocorrências de eventos que, por acaso, se dão ao mesmo tempo. Altazor... Altazor... Altazor... Dora, minha Doce-Dora morreu no mesmo dia em que traduzia *As montanhas são proibidas*, de Dino Buzzati. Deixei de lado trabalho tradutório na página 185, concluindo esta frase: *Agora estou fora de você, confundido às sombras inumeráveis*. E, no entanto, não sei pensar senão em você e gosto de lhe dizer estas coisas. Ah, Altazor... Altazor... Altazor... Ah, Dora, Doce-Dora... vocês agora possivelmente sabem onde fica Alhures, cidade na qual se fabricam esperanças de todos os naipes, lugar no qual ventos esculpem esplendores, brisas modelam plenitudes.

Às vezes caminho lentamente me esgueirando pelas calçadas para nenhum conhecido me ver assim desenxabido, tomado por esse sentimento penoso móbil do medo do ridículo. Dia feio, nublado, mas o que me preocupa é o enevoamento interno: minha própria turvação – ando, caminho me escorando no indefinido: pernas, para que vos quero? Se já não tenho por que dançar, se já não pretendo ir a parte alguma. Pernas? Basta uma. Ah, bengala, amiga bengala, contigo me faço pastor do rebanho de meus passos.

Para não me subjugar à autonomia do Desencanto, traduzo. Ah, Dora... Doce-Dora... Depois de muitos anos, retomei tradução do nosso autor preferido: Laurence Sterne – estou outra vez às voltas com *A vida e as opiniões do cavalheiro Tristran Shandy*. Lembro-me de quando você, depois de ter lido todo o romance em inglês, comentou: *Os interlúdios de seriedade no texto não chegam a perturbar o livre fluxo da veia cômica.* Ah, Dora... Doce-Dora... acabo de traduzir este trecho: *Então vieram as pessoas. Cada uma, ao surgir, agarrava uma das verdades, e as pessoas mais fortes agarravam uma dúzia delas. Eram as verdades que tornavam as pessoas grotescas...* Traduzir, Dora, traduzir, traduzir para não sucumbir.

Altazor... Altazor... Altazor... Percebia seu riso quase invisível irônico quando vez em quando lia para você meu conto preferido dele, extinto afilhado escritor cujo primeiro livro prefaciei: *Agora aqui, sozinho, solidão móbil da insensatez das deusas do destino, fiquei com vontade de ler outra vez em voz alta para você e Dora: Dizem que aconteceu naquele período anterior, antes bem antes de todos os antes, há 100 milhões de anos, talvez. Sim: passarinho pré-histórico me contou agorinha, com seus gorjeios ectoplásmicos, que certo solitário primata pensou de repente em esculpir (com aquele seu primitivo-barro-molhado) algo que fugisse de todas as possíveis inimagináveis lógicas. Depois de muitas cogitações, centenas de meditações símias, imaginou-esculpiu boneco quase-ele-mesmo, apesar de perceber-antever que a qualquer momento-século, num passe de mágica, aquela sua criaturinha de barro poderia, ao contrário do próprio-primata--escultor, sim, poderia adquirir de súbito inteligência, consciência e capacidade para analisar seus atos, assim por diante. Ele, escultor-primata, ficou dias seguidos olhando para sua esplendorosa obra. Às vezes se entristecia, era possuído por inexplicável melancolia. Passarinho pré-histórico me contou também que, depois de ficar dias olhando tristonho para sua escultura de barro, nosso primata-escultor, impregnado de tartamudez, balbuciou, ou melhor, grunhiu o mais premonitório de todos os grunhidos de todos os tempos: Dar... rrr... win... nnn.*

Quando parava tradução qualquer para ficar olhando você, quieto, horas seguidas sobre o parapeito da janela, pensava: *Altazor se exilou de vez no subsolo do Incognoscível.*

Dora... Dora... Doce-Dora... E essa combinação sonora agora no sereno procurando querendo se aconchegar numa rima interna?

Ah, gato-grato! Oportuno chamar agora à memória fragmento dele, extinto afilhado escritor cujo primeiro livro prefaciei: *Torcemos para que nossa desolada personagem não abra agora a janela: poderá ver--ouvir vento tênue levando embora as emurchecidas folhas da ressequida Árvore das Probabilidades.* Saudoso afilhado... Sabia fazer uso apropriado e discreto do twist ou final inesperado. Quando percebia que tudo conspirava a seu favor, se escondia nos escaninhos do desfavorável.

Afeito às digressões insólitas, pergunto para vocês três, Dora e Altazor e afilhado escritor, agora todos os três planando noutras plenitudes: já conheceram de perto ela, cujo paroxismo luminoso deverá quintuplicar a luminosidade, a incandescência do sol? Sim: a Verdade. Conheceram?

Altazor... Altazor... Altazor... Suas fugas que aconteciam em intervalos regulares, suas inquietudes topográficas sempre me chamaram à memória (injustamente talvez) aqueles heróis divididos de Conrad: sempre às voltas com problemas de consciência; sempre duvidando de suas próprias individualidades; sempre esmagados pela solidão e falta de fé em si próprios e nos outros. Possivelmente esteja sendo injusto: suas fugas periódicas aconteciam talvez para você tentar rastrear-decodificar pegadas deles, seus progenitores – para descobrir in loco que a anatomia do abandono é malcheirosa; para constatar em definitivo que feridas do desamparo genealógico não cicatrizam nunca. Altazor... Altazor... Altazor... Desconfio que sua alma sempre foi compêndio de inquietudes; possivelmente querendo tentando alcançável tempo todo êxtase místico felino.

Traduzir, traduzir para driblar esta solidão que fica fora dos domínios da sensatez; traduzir, traduzir para não deixar esperança se desvanecer de vez; traduzir, traduzir para me despertar da modorra, da lenteza do próprio cotidiano – dias borrifados de água do rio-rotina; traduzir, traduzir para não viver em consonância permanente com o desapropriado; traduzir, traduzir para não transitar tempo todo pelas vielas do Incompatível, do Incongruente. Às vezes, feito hoje, passo tarde toda numa prevaricação lúdica com palavras alheias.

Dora... Dora... Doce-Dora... Sinto que rememorações às vezes se cansam quando se excedem nas caminhadas em direção às lonjuras do Retrospecto – mesmo assim, insisto em conservar você nele, meu pensamento; deixar que seu nome relampeje na minha memória: Dora... Dora... Doce-Dora...

Sei que vocês três estão aqui num canto qualquer me olhando enternecidos nesta noite fria – motivo pelo qual vou reler em voz alta último conto dele, extinto afilhado escritor cujo primeiro livro prefaciei: *O destrambelho já havia se estabelecido nos meandros, nos porões de sua atormentada psique. Entanto, estalidos da razão, à semelhança de fogos-fátuos, convergiam-dirigiam seus pensamentos em direção ao barro, à argila; buscava, infatigável, com mãos, dedos, formas que traduzissem o próprio desarrazoado, a própria vesânia, as próprias perturbações das faculdades mentais. Queria a todo custo esculpir o desvario, o próprio desvario. Queria, quem sabe, entrar nos seus abismos para escarafunchar pelo menos a silhueta da Demência. Fazia-desfazia seres disformes, alheios, por assim dizer, ao entendimento da própria argila, do próprio barro. Vivia no vórtice, na voragem do cognitivo – não conseguia entrar nos meandros de si mesmo para cavar sua própria digital-mental. Sabe-se que naquele canto exíguo daquele hospício, não havia espaço suficiente para tanta plangência, tanta inquietude proveniente do não-desempenho, da não-realização ceramista. Poetas e loucos sabem que é doloroso querer-tentar tatear a anatomia do Inimaginável; sabem que é angustiante procurar-tentar moldar os próprios naufrágios internos; lidar com essas vertigens personalizadas. Ah, esses curtos-circuitos mentais ultrapassando paroxismos – são extravios da Razão. Um dia, num acesso extremo de demência, enfiou o próprio rosto num montículo de barro úmido e ficou ali, e ficou ali, e ficou ali, e ficou... e finalmente criou a própria máscara mortuária.*

Altazor... Altazor...Altazor... Ontem voltei a me encontrar com Dora. Não consegui dizer nada. Mas seu sorriso era tão luminoso que acordei. Dora... Dora... Doce-Dora... Morte dela espatifou possibilidades, substanciou o não-querer-mais, interrompeu trote rasgado do idílio, extinguiu todas as vogais do meu alfabeto, cujo nome é cotidiano. Sensação de que ela-eu, juntos, trazíamos sombras para tardes ensolaradas pelas quais transitávamos. Dora... Dora... Doce-Dora... Sofria com mais veemência minhas próprias adversidades; decifrava hieróglifos do meu desconsolo. Agora sem ela, sem você, Altazor, meus passos ficaram órfãos de vez; reminiscências se sucedem feito contas de rosário; clamores se efetivam em minhas entranhas.

Ah, gato-grato! Conhecia-decodificava seus miados patranheiros, ardilosos pedindo sugerindo iogurte recheado de lascas de queijo ralado; conhecia-decodificava seus ronronares plangentes tentando procurando (inútil) lidar sereno com as próprias desarrumações existenciais; conhecia decodificava suas miadelas lamurientas vindas do subsolo dela, sua saudade plural-ancestral. Ah, Altazor! Sei-sabia que seu olhar atingia caminhos labirínticos da minúcia, das voragens do relance — tarefa óptica transcendente; sei-sabia que você saltava manhãs inteiras de marquise em marquise para não ser raptado pela Tristeza; ou, quem sabe, para se desgarrar do Presente, sair da rota do Agora: você possivelmente achava o Neste Momento descabido, despropositado.

Dora... Dora... Doce-Dora... Ainda ouço seu riso contido quando li pela primeira vez este verso galhofeiro: *A poesia está morta, mas juro que não fui eu.* Poetar, poetar para plasmar estiagem do rio, entalhar meus estremecimentos, desbastar rudeza delas minhas perspectivas; poetar, poetar para apagar involuntário talvez pegadas de todas essas muitas-inúmeras perdas in perpetuum; poetar, poetar para me escorar no indefinido, para me encasular nas palavras — estas que sempre radiografaram minhas inquietudes e minhas dores e minhas perdas e minhas angústias.

Agora, sem vocês, vivo na dependência de rimas capengas: trancos-barrancos – espero que pelo menos ela, a Morte, me surpreenda com simples singelo peteleco; sim, sem vocês, vivo tempo todo imerso em ilusões ficcionais: traduzi minutos atrás trecho no qual Tristram Shandy diz que *o amor não é a linha reta que parte do casamento no rumo da perpetuação da espécie, mas a linha serpentina do prazer pelo prazer, que pode regredir acidentalmente por culpa de um vexatório momento de impotência.* Sterne... sabia imprimir grandeza humana ao cômico.

Dora... Dora... Doce-Dora: sem você sempre me senti toupeira capenga impossibilitado de abrir caminho debaixo da terra para receber luz do sol. Dora... Dora... Doce-Dora: seu humor nunca foi moeda de quilate duvidoso. Ainda ouço sua risada gostosa-estrepitosa quando li pela primeira vez miniconto dele, extinto afilhado escritor cujo primeiro livro prefaciei: *Ao perceber que estava sendo seguido pelas ambiguidades, virei primeira esquina, entrando ato contínuo numa rua – sem saída: não era de boa qualidade fio dela, minha Ariadne.*

Agora? Abandonei-me no aconchego estreito da Lembrança; tempo quase todo me movendo na órbita do estoicismo, angariando placidez, desembaraçando inquietudes.

Dora... Dora... Doce-Dora: abro gavetas da cômoda, do guarda-roupa, do criado-mudo, procuro debaixo da cama, atrás das portas, em todos os escaninhos do quarto de despejo; exaurido, bebo água, recosto no sofá, fecho os olhos durante quinze minutos... e nada, nada de aparecer o falado-decantado-propalado lampejo – motivo pelo qual abro ao acaso livrinho de minicontos dele, extinto afilhado escritor cujo primeiro livro prefaciei: *Noite quase toda escrevendo conto, quando, de repente, bodum-cabrum, texto tresandou mau cheiro insupor-*

tável: por causa daquela personagem que ainda não havia sido sepultada mesmo depois de treze páginas seguintes.

Altazor... Altazor... Altazor... Às vezes acordava de madrugada espavorido reocupado vendo seu acolchoado vazio... Sim: suas insônias felinas fazendo você ronronar miar pelas vielas do bairro tentando procurando possivelmente apalpar insondáveis; ou talvez querendo arrefecer oscilações de matizes múltiplos; ou quem sabe procurando tentando perscrutar a própria inquietante natureza moral emocional felídea. Altazor... Altazor...Altazor... Nunca consegui escarafunchar, entrar no subsolo de sua melancolia de feição felina. Sei que também me inquietava com possibilidade de seu não-definitivo retorno – insônias duplas. Sim, gato-grato: sempre fomos, ambos, incapazes de decodificar decifrar os arcanos dos Porquês; nunca encontramos caminhos afora argila capaz de modelar esculpir os esplendores ocultos do inexistente. Não era este o apocalipse que eu sonhava.

Ainda às voltas com obra monumental de Laurence Sterne: *Vejo que viverei, escrevendo, uma vida tão boa quanto a que levo vivendo, ou, em outras palavras, viverei duas vidas excelentes a um só tempo.* Curioso chamar agora à memória extinto afilhado escritor cujo primeiro livro prefaciei: *Tudo que é ruim para vida é bom para literatura.*

Altazor... Altazor... Altazor... Se tivesse em casa argila prestidigitadora que me ajudasse a esculpir o Daqui-a-Pouco, deixaria jamais aquele rolo de barbante jogado num canto qualquer da sala. Ah, gato-grato: são muitas inúmeras as propriedades incognoscíveis do barro – devem existir alhures algures argilas preparadas para esculpir caminhos, moldar probabilidades peregrinas. Neste lugar solitário, arúspice desentranha o aflito vocabulário de suas próprias entranhas.

Ah, Dora... Doce-Dora... Quando penso em vocês três, me sinto destroçado pela pluralidade de ausências. Agora? Poetando, traduzindo... sim: tentando procurando represar fúrias dos ventos da saudade.

Sim, Doce-Dora: desde agora de noitinha voltei a pleitear afagos sonoros de Billie Holiday. Vou abaixar o som e reler em voz alta aquele pequeno conto de que você gostava muito – sim, dele, extinto afilhado escritor cujo primeiro livro prefaciei: *Ele queria moldar-modelar o Futuro: dedinhos dele apalpavam-acariciavam a argila, e ele, num solipsismo infantil, dizia: Futuro, quero preciso esculpir o Futuro. Menino ainda: oito, nove anos, se tanto. Queria dar forma, materializar com aquela substância terrosa o Depois, muito depois do Depois. Tarde toda fazendo-refazendo, sem saber, a Silhueta do Transcendente, ou o contorno da Serenidade Absoluta. Sabe-se que em seus delírios infantis, em sua infante prodigiosa imaginação nasceria a qualquer momento (de suas mãos artesanais) o perfil do Futuro. Seis da tarde – sabemos que eram seis da tarde porque sinos da igreja mais próxima anunciavam hora do Ângelus. Ele, menino-artesão, olhou de repente para aquela figura indistinguível, quase-pássaro, quase-querubim, e olhou... e olhou... e, à quase-semelhança de Michelangelo, exclamou: Deus!*

Ah, sim, Dora, Doce-Dora... Sei que você também, depois de ouvir entre aspas este pequeno conto, também chamou à memória historieta aquela que ele mesmo, extinto afilhado escritor cujo primeiro livro prefaciei, debochado criou na hora para nos distrair naquele jantar de uma distante sexta-feira chuvosa: *Durante algum tempo, ele, Deus, ainda ingênuo, pensava que vivia sozinho no Universo, que fosse ele mesmo o Todo, o Tudo, o Imenso. Entanto, um dia, caminhando algumas quadras adiante de Si mesmo, descobriu, perplexo, que na rua de baixo, já morava, há algum tempo, um tal de Lúcifer. Altazor... Altazor... Altazor... Bastam-nos poucas palavras para exprimir o essencial; precisamos de todas as palavras para torná-lo real.* Sim, gato-grato: Paul Éluard – poeta de alma inteira, a um só tempo órfico e solar, solitário e solidário, obscuro e claro, desventurado e esperançoso. Altazor... Altazor... Altazor... *Qual de nós dois inventou o outro?* Sensação de que você ficava horas seguidas sobre o parapeito da janela tentando procurando decretar com olhares oblíquos a inexistência do horizonte; ou procurando tentando estudar as causas, relações, a geografia, a zoologia das garras, dos miados do rancor; ou tentando querendo se aclimatar dentro dos compêndios da resignação; ou procurando tentando adestrar a mente para a feitura do arrebatamento. Altazor... Altazor... Altazor... Deixavam cair a noite no fundo da tua imagem.

Dora... Dora... Doce-Dora... Entre uma tradução e outra releio minicontos dele, extinto afilhado escritor cujo primeiro livro prefaciei: *Dizem que guardava num baú invisível penca de Irrealizações*; contam também que é possível ler em seu túmulo este epitáfio: *NÃO DEU TEMPO*. Quando chamo todos vocês à memória, penso em jogar sementes de Conformismo sobre meu terreno baldio.

Altazor... Altazor... Altazor... Nunca consegui acariciar enigmas, transitar à-vontade entre seus entrançados-misteriosos labirintos felídeos: você vivia tempo todo subjugado às estocadas da soturnidade; estilhaçou seu espelho retrovisor: foi sendo aliciado aos poucos pelo desmemoriamento, persuadido pelo oblívio − surdez absoluta; mais um motivo para suas inquietações indescritíveis. Ah, gato-grato! Também não nasci preparado para domar exuberâncias belicosa das deusas de derrocada in totum, marionetistas do nosso destino. Sei que não brinco de juiz, não me disfarço em réu, aceito meu inferno, mas falo do meu céu.

Dora... Dora... Doce-Dora... Sempre recorro às palavras traduzindo, escrevendo, afagando os próprios delírios, mas nada substitui acarinhamento enfeitiçado de suas mãos; seu desaparecimento definitivo foi sombria tempestade, trazendo temporal de fortíssimo vento, destelhando de vez o aconchego, me deixando de herança o sem-sentido. Dora... Dora... Doce-Dora... Ainda não inventaram emplastros para arrefecer dor desse sentimento melancólico de incompletude a que chamamos saudade. Jeito? Brincar com palavras, como se brinca com bolas, papagaio, pião − só que bola, papagaio pião, de tanto brincar, se gastam. As palavras, não – quanto mais se brinca com elas, mais novas ficam.

Ah, Dora, Doce-Dora... agora aqui, ainda epigramático, vivendo com meus próprios poemas em que predomina a estética do verso curto e do humor. Como um dia nosso amigo professor, continuo respondendo com poemas aos apelos do mundo e de sua existência interior... Ah, Dora, Doce-Dora, você sempre soube que meu amor é simples, como a água e o pão. Como o céu refletido na pupila de um cão.

Altazor... Altazor... Altazor... Sei que você me entendia quando comentava que poesia é a redescoberta da novidade perene da vida nas pequenas-grandes coisas do dia a dia, que meu ideal poético é concisão e a intensidade postas todas a serviço da minha própria visão de mundo. Altazor... Altazor... Altazor... A porta fechada (mas pior: a chave por dentro).

Ah, Dora, Doce-Dora: ao seu lado vivia despreocupado, tão despreocupado que nem sabia morrer. Terminei agora aquela fábula antiga que jazia ainda em estado de incompletude numa pasta de guardados: o mundo lhe pesa sobre os ombros curvos, mas ele insiste em partilhar todo naco de pão. A cada esquina, seus passos oscilam entre o salto e a queda. Na mão direita leva uma pulseira com guizos de jogral. Na esquerda, uma tocha cuja luz atrai indiferentemente albatrozes e morcegos. Quando soar o último clarim, seus olhos abrirão as cortinas do tédio para esvoaçar, triunfantes, entre as colunas do amanhã.

Altazor... Altazor... Altazor... Agora, aqui, olhando à distância o curso erradio desses rios sem lei, esperando que a mudez apague amanhã o equívoco do não-dito ontem.

Dora, Doce-Dora, agora, aqui, traduzindo nosso poeta latino, aquele que morreu desterrado em Tomos, vila à beira do mar Negro, longe dos belos jardins da sua mansão de Roma, afastado para sempre do aconchego de seus familiares e amigos, encurralado pelas privações e provocações de um modo de vida primitivo que não tardou a lhe combater a saúde – sim: Ovídio. Até hoje permanecem obscuras as verdadeiras causas que levaram Augusto a exilar para os confins do império um poeta a quem vinha distinguindo com os seus favores e a quem acolhia em seu palácio. Teria sido a imoralidade da *Arte de Amar*, cujos conselhos de sedução amorosa induziriam seus leitores ao adultério? Ou seria porque ele teria acobertado os amores clandestinos de uma neta do imperador, que acabou sendo também exilada pelo avô? Certo é que uma única mão, a do imperador, não trouxe a ferida e o socorro. Sim, Dora, Doce-Dora, você sempre me dizia citando o poeta latino das Metamorfoses: *Esforçamo-nos sempre para alcançar o proibido desejando o que nos é negado.*

Altazor... Altazor... Altazor... Ainda me lembro de seu ronronar desdenhoso, descrente, irônico, quando dizia que os gatos, no antigo Egito, mereciam os mesmos ritos fúnebres que os seres humanos, sendo embalsamos e sepultados – que alguém poderia ser condenado à morte se matasse felídeo qualquer. Sei que você ficava horas seguidas na sacada contemplando possivelmente outras dimensões, vendo o que não vemos, talvez. Extinto afilhado, escritor cujo primeiro livro prefaciei, dizia: *Nos últimos tempos tenho conseguido adestrar o olhar para, pelo menos, vislumbrar as profundezas místicas dos fogos-fátuos.*

Agora, aqui, completamente só neste círculo quebrado onde olhos se fecham onde tambores emudecem, procuro inútil nos cômodos da casa todos vocês me dividindo entre horizontes selvagens, me perdendo em espelho fundo deixando ficar o eco dos seus nomes no ar: Dora, Dora, Dora... Altazor, Altazor, Altazor...

Dora, Doce-Dora, mexendo na gaveta, encontrei fragmentos escritos à mão dele, extinto afilhado escritor cujo primeiro livro prefaciei. Ouça aí desses espaços transcendentes, este que sempre foi um de seus preferidos: *Sensação de que vez em quando tinha o olhar prestidigitador: vislumbrava o além-do-imediato; noutras ocasiões, con-*

traditório, se acomodava, subserviente, às lembranças raquíticas: pudesse, ficaria lá, tempo todo acocorado no canto das próprias reminiscências – não suportava a prepotência do futuro.

Altazor... Altazor... Altazor... Agora chamo à memória dia aquele que antecedeu sua morte: traduzindo Kaváfis, repetia vez em quando este estribilho que provocava em você ronronares inquietantes: *É que os bárbaros chegam hoje*. Irônico, meu gato-grato, é que você e eu percebemos que os bárbaros não chegariam nunca, e eles, gregos todos, reunidos na ágora, acho que também perceberam, perguntando: *Sem bárbaros, o que será de nós? Ah! Eles eram uma solução*. Kaváfis... Não chegou a sequer publicar livro enquanto viveu: seus poemas eram divulgados em folhetos ou folhas soltas, mandados imprimir por ele mesmo para distribuição a um círculo restrito de amigos e admiradores. *E eu que tinha tanta coisa para fazer lá fora! Quando os ergueram, mal notei os muros, esses.*

Dora, minha Doce-Dora... Deuses onde? Céu existe?

Ergueram à minha volta, altos muros de pedra. Não ouvi voz de pedreiro, um ruído que fora. Isolaram-me do mundo sem que eu percebesse. Foi aqui, no momento que traduzia este trecho do poema *Muros*, dele Kaváfis, que você morreu, Altazor, meu gato-grato. Levantei-me, exaurido, depois de transpor do grego para o português este belíssimo verso, quando, de repente, vi você lá na sala, envolvido neles, seus últimos estertores.

Dora, Doce-Dora: você que sempre me pegava me embalava me protegia naqueles tempos que a ternura vivia sem pressas... Você que sempre foi minha mãe e minha filha depois de teres sido (desde o princípio de tudo) a mulher. Agora, aqui, sob a preponderância das invisíveis transmutações do acaso e com o escárnio do inacessível, incapacitado de conter a sanha dos sortilégios. Mesmo assim, traduzo, incansável, gregos e latinos – para talvez decifrar a linguagem abstrusa do imponderável, ou, quem sabe (?), para decodificar a esotérica geografia dos algures e o roteiro místico dos alhures.

Altazor... Altazor... Altazor... Quantas madrugadas acordei com seus rosnados arregimentadores de exasperações – acusando talvez aquele pretérito abandono precoce num beco escuro qualquer. Extinto afilhado, escritor cujo primeiro livro prefaciei, confidenciava: *Vivo catalogando contratempos na volumosa pasta dos percalços.*

Dora, Doce-Dora, para sempre serei teu prisioneiro neste patíbulo amargo de saudades. Chamo à memória dias aqueles nos quais me envolvia nos embates tradutórios deles, sonetos luxuriosos de Aretino, poeta flagelo dos príncipes. Divertíamos juntos com aqueles versos desse versejador que sabia tirar vantagem destruindo a imagem pública dos poderosos. Ainda me lembro quando você entrava nela, nossa biblioteca, perguntando, galhofeira: *Como vai nosso cretino libertino Aretino?* Entanto, você e eu sabíamos que toda época histórica precisa, a posteriori, pelo menos, de um bode expiatório que lhe possa purgar as culpas e os crimes. A Renascença italiana teve-o sob medida em Pietro Aretino. Oportuno chamar à memória frase na qual ele mesmo dizia que *escondemos nosso sexo e pomos à vista as mãos que roubam e matam, e a boca que jura em falso.*

Altazor... Altazor... Altazor... Chamo à memória momentos aqueles nos quais você ficava quieto, ali sobre sua almofada, possivelmente no porão de si mesmo tentando, inútil, talvez, apalpar plenitudes – eu, traduzindo Auden, inglês, cuja fase americana está marcada por uma preocupação metafísica quase sempre ausente na fase inglesa, em que preponderam preocupações de ordem política e psicológica. Lembro-me dele, seu súbito inesperado miado plangente, dando nítida sensação de que havia entendido este verso de W. H. Auden que repeti três vezes em voz alta para apreender melhor a musicalidade dela, minha própria tradução: *As palavras de um homem morto modificam-se nas entranhas dos vivos.*

Dora, Doce-Dora... Continua nítido na memória dia aquele da primeira visita que nos fez o agora extinto afilhado escritor cujo primeiro livro prefaciei. Abrimos juntos a porta, ele olhou para você, olhou para mim, dizendo, carinhoso: *O poeta e a poesia*. Almoçamos, conversamos muito sobre tudo, principalmente literatura. Quando ele comentou de repente a obra de Osman Lins, e você contou a história sobre as consultas, rimos muito. Sim, isso mesmo querida: o autor de Avalovara costumava ligar aqui para casa, mas primeiro falava com você sobre indisposições, adoecimentos, reclamações várias sobre dores e inquietudes de todas as latitudes; depois, ele Osman Lins, agradecia, dizendo: *Agora, Dorinha, chega de lamentações medicinais reais, quero falar sobre ficção com seu marido*. Sinto muita falta também dele, amigo Osman... Dora, Doce-Dora, você sabe, sempre disse que ele ia além das formas existentes, sabia que elas existem para poder violá-las. Não sei de ninguém, salvo Guimarães Rosa, que tivesse, como ele, Osman, um projeto criativo tão rico, tão vigoroso e tão coerentemente realizado. Sempre se dedicou à pesquisa de novos recursos de expressão. Lins... Lins... Lins...

Seu nome, gato-grato, você sabia, sempre comentei, nasceu em homenagem a Vicente Huidobro, poeta chileno de vanguarda, viveu tempo quase todo na França. *Sou eu Altazor o duplo de mim mesmo/ O que se vê trabalhar e ri do outro frente a frente/ O que caiu das alturas de sua estrela/ E viajou vinte e cinco anos/Pendurado no paraquedas de seus próprios preconceitos/ Sou eu Altazor o da ânsia infinita/ Da fome eterna e do desalento*. Ah, meu gato-grato, como Huidobro, disse outro poeta, Octavio Paz, as palavras perdem seu peso significativo e tornam-se, mais que signos, marcas de uma catástrofe estelar. Na figura do aviador-poeta reaparece o mito romântico de Lúcifer. *Há palavras que têm sombra de árvore/ Outras que têm atmosfera de astros/ Há vocábulos que têm fogo de raios/ E que incendeiam onde caem/ Outros que se congelam na língua e se rompem ao sair/ Como esses cristais alados e fatídicos/ Há pala-*

vras com ímãs que atraem os tesouros do abismo/ Outras que descarregam como vagões sobre a alma/ Altazor desconfia das palavras/ Desconfia do ardil cerimonioso/ E da poesia.

Dora, Doce-Dora... Agora, aqui, neste lugar solitário, faço a conta doída, em lançamentos diários, a soma de minha vida. Revendo guardados, achei no fundo da gaveta, alguns fragmentos originais dele, extinto afilhado escritor cujo primeiro livro prefaciei. Vou ler um deles para você, querida: *Vive tempo quase todo diante do medo e seus tentáculos indissolúveis, entorpecedores; medo, em acentuado relevo, do inconcluso, este algo reticente, descontinuado, que se encontra sempre entretecido nos atilhos da frustração.* Entanto, hoje cedo, quando tal inquietude frustrante emergiu de dentro das próprias impossibilidades, deixou de se preocupar com os reincidentes volteios da Desesperança – deusa do Desalento.

Altazor... Altazor... Altazor... Medo anuncia sua máquina de espanto à minha alma vazia. Agora, aqui, me acomodando subserviente às lembranças raquíticas, tempo quase todo hipnotizado pelo arredio. Jeito? Transpor de uma língua para outra escritores gregos e latinos e ingleses e tantos outros. Traduzir para possivelmente driblar a inquietude, para talvez frustrar o inacessível, decodificar o insondável, desbastar limites linguísticos. Sei que palavras de nacionalidades múltiplas e eu nos enrodilhamos em afagos mútuos. Traduzir para acomodar aconchegar sugestivo vocábulos estrangeiros nelas, nossas próprias páginas pátrias.

Dora, Doce-Dora... Ainda conservo no pensamento risadas frouxas dele, extinto afilhado escritor cujo primeiro livro prefaciei. Escangalhou-se de rir em acentuado relevo naquele nosso almoço em que contei presença de jovem jornalista que havia me entrevistado semana antes – sim, aquela ingênua inexperiente profissional que horas tantas me perguntou motivo pelo qual dei o título de *Ode à minha perna esquerda*, e não à direita, me obrigando a constrangê-la dizendo que havia amputado aquela que ficava do lado do coração.

Ah, sim, querida, sensação de estar ouvindo você pedir pela milésima vez para eu ler este poema em voz alta... Pernas, para que vos quero? Se já não tenho por que dançar, se já não pretendo ir a parte alguma. Pernas? Desço que desço subo que subo camas imensas. Aonde me levas todas as noites pé morto pé morto? Corro, entre fezes de infância, lençóis hospitalares, as ruas de uma cidade que não dorme e onde vozes barrocas enchem o ar de paina sufocante, e o amigo sem corpo zomba dos amantes a rolar na relva. Por que me deixaste pé morto pé morto a sangrar no meio de tão grande sertão? Não não NÃO! Aqui estou, Dora, no teu colo, nu, como no princípio de tudo. Me pega me embala me protege. Foste sempre minha mãe e minha filha depois de teres sido (desde o princípio de tudo) a mulher. Dizem que ontem à noite um inexplicável morcego assustou os pacientes da enfermaria geral. Dizem que hoje de manhã todos os vidros do ambulatório apareceram inexplicavelmente sem tampa, os rolos de gaze todos sujos de vermelho. Chegou a hora de nos despedirmos um do outro, minha caro data vermibus perna esquerda. A las doce em punto de la tarde vão nos separar ad aeternitatem. Pudicamente envolta num trapo de pano, vão te levar da sala de cirurgia para algum outro (cemitério ou lata de lixo, que importa?) lugar onde ficarás à espera a seu tempo e hora do restante de nós. Esquerda... direita... esquerda... direita direita direita. Nenhuma perna é eterna. Longe do corpo terás doravante de caminhar sozinha até o dia do juízo. Não há pressa nem o que temer: haveremos de oportunamente te alcançar. Na pior das hipóteses, se chegares antes de nós diante do Juiz, coragem: não tens culpa (lembra-te) de nada. Os maus passos quem deu na vida foi a arrogância da cabeça a afoiteza das glândulas a incurável cegueira do coração. Os tropeços deu-os a alma ignorante dos buracos da estrada das armadilhas do mundo. Mas não te preocupes que no instante final estaremos juntos prontos para a sentença seja ela qual for contra nós lavrada: as perplexidades de ainda outro Lugar ou a inconcebível paz do Nada.

Altazor... Altazor... Altazor... Sempre perguntei, mas você sempre fez ouvidos moucos. Quem sabe agora, vivendo talvez numa planície etérea felina, poderá quem sabe (?), fazer eco a esta pergunta: Me responda você que parece sabichão: se lagarta vira borboleta, por que trem não vira avião?

Dora, Doce-Dora... Finalmente às voltas com aquele romance cuja ação se passa na imaginária República de Costaguana – livro que você leu no original e sempre me pediu para traduzir: *Nostromo*. Lembro ainda hoje de sua recomendação: *Fique atento aos embates entre a visão utilitária do senhor Gould e a visão ética do doutor Monygham, o médico de sua mina e o protegido de sua esposa.* Sim, Dora, Doce-Dora, agora percebo que para Monygham, os interesses materiais são por natureza amorais, pelo que a Concessão Gould, a despeito dos bons propósitos do seu dono, acabará levada pela lei desumana da busca do lucro, oprimindo o povo não menos que a barbárie política dos caudilhos. Outra voz discordante é a do capataz dos estivadores, Nostromo, que você também, Dora, Doce-Dora observou, grifando no livro momento no qual ele, para compensar-se de ter sido um inocente útil a serviço dos poderosos, não só se apodera da prata, que lhes pertencia, como passa a participar de uma sociedade secreta que congrega os inimigos dos *capitalistas opressores*. Ah, estou vendo agora aqui no original que você grifou também parte na qual Monygham enuncia a moralidade da fábula da República de Sulaco: *Não há paz nem sossego no desenvolvimento dos interesses materiais. Eles têm a sua própria lei, a sua própria justiça. Mas ela se funda na utilidade e é desumana; não tem retidão, não tem a continuidade e a força que só podem ser encontradas num princípio moral.*

Altazor... Altazor... Altazor... Meu autoepitáfio continua o mesmo: Para quem pediu sempre tão pouco, o nada é positivamente um exagero.

Fragmentos do romance inacabado **Rosa Luxemburgo dos trêfegos trópicos** dele, extinto afilhado escritor cujo primeiro livro prefaciei

Eu? Doutoranda, mas também objeto desta tese? Tornei-me prostituta, de moto próprio, por vários motivos, um deles foi que carreguei vida quase toda enrodilhado em meu próprio corpo cinto invisível de Afrodite. Mas roubaram aos poucos, no prazo de três prostituídos anos, minha incandescência, meu abrasamento – sim, poeta, é tão degradante a insolência dos jovens como a devassidão dos velhos. Desvario se exibindo a si mesmo. Nossa função? Extrair in extremis o sumo do êxtase – independentemente da iniciação ou dos derradeiros estertores dos clientes. Bordel? Cidadela de espectros; refúgio do desamor; rua do gozo de mão única; viela do quase estupro remunerado; lugarejo miasma, bacteriano; templo da saudade e da plangência e dos falsos gemidos a dois e dos gemidos sinceros a sós num quarto qualquer sob a luz mórbida de abajur lilás sobre mesinha qualquer, em cuja gaveta há sempre providenciais camisas de vênus e cartas escritas a lápis para ninguém – ou para pessoas mortas ou vivendo morando em endereços desconhecidos. Alguns foram embora, outros estão distantes – diria aquela magnífica poeta cujo filho Stalin crucificou. Lupanar: ancoradouro dos hematomas; dos dias atafulhados de coágulos; das vozes engroladas, etílicas; dos coitos animalescos; dos coitos desarranjados; das ejaculações precoces; dos gozos compensadores; do gozo nenhum daquele decepcionante pênis que deixou de acontecer. Prostituição é flibusteria do acaso, é ocaso da esperança. Nosso corpo vai pouco a pouco se impregnando de suores alheios, fétidos, tresandando a álcool e solidão e desespero e devassidão e mácula e traição e lágrimas e uivos. Eu? Puta? Tempo todo no palco-cama interpretando falsas Messalinas. Faço desta tese-depoimento meu canto lúgubre. Conheci in loco alguns ciclos do inferno dantesco: vi sangue escorrendo em rostos femininos semicobertos por estilhaços de garrafa; vi corpo nu de homem sendo baleado por capataz de fazendeiro coronel. Percebe-se, com o tempo, que há nódoas em todos os cantos de um bordel – além das manchas nos lençóis e nelas nossas esperanças. Vi velho solitário muito rico mandar entregar flores numa Kombi abarrotada de lírios para fuampa ninfeta, dezenove anos, se tanto – deusa do nosso olimpo lascivo voluptuoso; vi zabaneira acionar o gatilho contra a própria têmpora: rufião execrável a impedia de ver filha adolescente de ambos. Lupanar? Templo mercantil luxurioso enfestado de soluços femininos às escondidas e dores imensas anais existenciais e muita repulsa e muito nojo camuflados atrás de sorrisos mínimos, oblíquos, em benefício da moeda michê. Bordel? Lugar no qual envelheci definhei-me célere debaixo de homens truculentos, que, afoitos, lavravam e semeavam e colhiam eles mesmos ais e uis. Eu? Fazia ouvidos moucos. Tudo muito exaustivo, repugnante. Às vezes pensava em sair sumir, mas, minhas *perninhas, em incansável vibração*, sobre as quais não exercia controle algum à semelhança daquele monstruoso Inseto-Samsa que já havia sido Gregor. Também fui Rosa e depois Rosalux e agora Rosa Luxemburgo dos trêfegos trópicos outra vez – já não totalmente a Rosa primeva: enrolei-me durante três longos anos na própria teia, pisei as uvas, mas não bebi o vinho. Bordel? Lugar em que entrei histérica, saí estéril, exaurida, sem rosto feito Ananké; onde aedos entoam cantos lúgubres; lugar no qual só existem Ifigênias – todas igualmente sacrificadas. Imperecíveis? Desalentos e saudade e lamentos e nojo deles, homens minotauros. Fui meu próprio fio de Ariadne: estou agora aqui, despedaçada, quase destruída, depois dessa metempsicose, desse movimento cíclico por meio do qual fui Rosa Luxemburgo dos trêfegos trópicos eu-mesma e depois Rosalux eu-outra; agora, Rosa Luxemburgo dos trêfeghos trópicos quase-eu-mesma, mas fora daquele labirinto mercantil luxurioso de solidão infindável e de infindáveis dores imensas no cu e na boceta e na alma. Meu poeta latino diria que não é impunemente que a dor pode penetrar tão profundamente e introduzir-se o agudo sofrimento, sem que tudo se perturbe a ponto de não haver lugar para a vida e as partículas da alma fugirem por todos os orifícios do corpo. Bordel? Ferida que cicatriza nunca, jamais. Sinto que não vou recuperar minhas fogosidades pretéritas, pré-Rosalux, sinto-me agora desprovida de desejo sexual – trago comigo alforje atafulhado de náuseas. Visões? Aumentaram no prostíbulo: via quase sempre na parede do quarto ou ao pé da cama sombrações os mais variados possíveis – nunca entendi nunca me aprofundei nesses meus dons mediúnicos. Sei que os mistérios desde minha juventude se afeiçoaram a mim: vida quase toda circunscrita às fantasmagorias. No Bordel? Tive ascendência sobre todas as outras prostitutas – jeito que arranjei para disfarçar a própria morte, por assim dizer. Curioso chamar à memória Aquiles falando com Odisseu: *Preferia viver com o guardião de bois, ao serviço de um pobre camponês, de mesa pouco abundante, a reinar todos estes mortos consumidos.* Eu? Simulacro de mim mesma. Noutros tempos tive também trinta e oito pretendentes à semelhança de Helena. Agora? Convivendo com meus fantasmas e seus presságios funestos. Jeito é peregrinar, olhar a vida de soslaio – perdi de vez o encanto afrodítico. Bordel? Antro de homens aves de rapina? Emurcheceu minha vulva. Eu? Sombra exausta. Perdi tudo inclusive a aparência. Agora? Efígie sutil de mim mesma – Perséfone no reino das larvas. Indo viver num lupanar (tal qual sempre acontece nas histórias mitológicas), abri a cesta misteriosa no momento errado. Herança? Corte profundo de navalha na perna esquerda – atraquei-me com candidato a rufião. Salvei-me, embora continue sabendo (à semelhança dele, meu poeta latino) que a vida a ninguém é concedida como propriedade plena, mas a todos como usufruto. Agora? Vivendo apenas nos interstícios do cotidiano. Preciso praticar silêncios, afagar arredios, exilar-me em meus arrependimentos – experiência lancinante: fui muito impiedosa comigo mesma. Refém dos próprios desvanecimentos e dos temores e dos lamentos. Sei da impossibilidade de reabilitar-me in totum: alma entregue ao lusco-fusco permanente – sensação de que ela ficou enganchada para sempre no pórtico daquele bordel. Houve *esmero* excessivo nelas, minhas adversidades. Não consigo exercitar autocomplacência, simular abstraimentos, retemperar as forças, me acostumar com noites sobressaltadas, fantasmagóricas. Possivelmente esteja querendo, nesta tese-prostíbulo--autobiográfica, dar significado superlativo aos próprios emaranhados existenciais. Experiência autofágica. Meu poeta latino diria que a mesma mãe de tudo, a terra, é também o túmulo de todas as coisas. Contrapartida? Historiador francês perguntaria ato contínuo: nosso berço, a terra, onde nasceu nossa raça, não é também um berço para renascer? Sei que trouxe de herança do bordel o fugidio, o ensimesmamento – lá, tudo em mim foi violentado, inclusive meu personalismo. Bordel? Descoseu meu fervor, mutilou meu ideal: entrei para decifrar enigmas do submundo e me perdi em meu próprio universo; trouxe comigo o torpor, a letargia; abandonei o erótico, o passional, a possibilidade do triunfo, o esgrimismo do verbo; afeiçoei-me ao equívoco. Bordel? Convento profano, lugar no qual nos enclausuramos no desencanto, na saudade; dilacerador de vísceras, palco de espetáculos insólitos e escatológicos e profanos e sórdidos e santificados e demoníacos. Não, não é afrodisíaco o muco desse ambiente, mas é difícil se desvencilhar dessa viscosidade, desse desmoronamento ciclópico, enciclopédico, cujo nome é meretrício – calvário exótico erótico devastador: insuportável recorrência deles, nossos dissimulados ais nossos falsos uis. Agora? Privilegiar os próprios ofuscamentos, viver recolhida em mim mesma, na própria vaziez. Bordel? Ascese às avessas; plenitude da solidão; templo das bizarrias masculinas, das dissimulações femininas. Agora? Trouxe comigo peito engendrando desalento. Bordel? Lugar no qual conhecemos de perto o perigo de todos os excessos; templo profano ministrado por demiurgo cuja força devora nossas almas; ancoradouro de conas mercantis e de pestilências de toda natureza e de plangências às escondidas e de mil milhares de eteceteras devastadores. Agora? Certeza de que sou, embora não sabendo o quê; mulher túrgida vegetal adestrando-me aos arrependimentos. O que fizeram dos meus ideais? Agora também sifilíticos? Difícil impossível hoje em diante ser complacente comigo mesma. Estorriquei meu próprio percurso; manufaturei meus próprios látegos. Alma agora esforçando-se para ganhar quietude qualquer, uma fuga, um aconchego das próprias palavras que teimam em driblar o espírito acadêmico tentando inútil arrefecer fartos fardos meretrícios e as asperezas do arrependimento. Experimentei a prostituição mercantilizando o próprio ânus, a própria vagina. Agora? Fazendo dele meu texto tese-autocomiserativa – mesmo sabendo da impossibilidade de apagar todos os rastros dos meus passos. Bordel? Cidadela de veredas espinhosas, sangradura de almas desterradas. Sim, poeta, os deuses sutilmente moldam a loucura com a tristeza sobre a terra, desconhecendo a compaixão, desprovidos de toda a piedade. Agora sei que meu fogo não era inextinguível; que as mulheres de Tessália não seriam capazes de fazer baixar a Lua; que eu mesma acabei comigo sem julgamento; que agora procuro pisar a anti-Terra de Perséfone para conhecer minha segunda morte – possivelmente mais suave que a primeira. Aliei-me ao desencanto – minha água nunca foi potável, mas, agora, salobra demais. Eu? Rosa, a eterna Rosa dos extravios. Hoje? Cuidando dos coágulos negros que provoquei em mim mesma – fui Rosa dos sonhos luxuriosos insaciáveis e dos ideais também insaciáveis: Rosa, a contraventora e também a obscena e também a anárquica. Agora? Escrever, escrever, mesmo sabendo que vocábulos não acalmam febres. Escrever tentando quem sabe me livrar dos incômodos rastilhos das incongruências, dos meus gritos agudos e das minhas assombrações e das minhas miragens e dos vultos consagrados nas paredes e ao pé da cama – prenúncios da perplexidez. Bordel? Ancoradouro de fornicações autômatas e de quartos e vielas cheirando a enxofre; nexus rerum às avessas: a conexão de nada com nada; lugar no qual enxundiei a desesperança. Agora? Trouxe comigo a perpetuidade do desequilíbrio. Não, antes de entrar naquele ancoradouro de marafonas não encontrei em meu caminho nenhum daqueles pássaros portadores de presságios. Bordel? Covil de fêmeas amestradas para matar parceiros parceiras de orgasmos múltiplos. Agora? Toda manhã, diante do espelho, dar pêsames a mim mesma pela própria morte – tentando enterrar contendas e apaziguar a alma deixando para trás todas as incandescências. Sim, poeta, onde encontrar, onde encontrar os guerreiros que guardarão os rios em suas núpcias? Agora? Refugiando nesta tese-lápide-memorialística, vivendo noutra zona: na zona sombria que sou eu mesma – brandindo inúteis retratações, compungimentos. Rosa-Orfeu sem corpo, apenas a cabeça flutuando no rio, mesmo assim ainda cantando contando convivendo com as próprias obscuridades – sem precipitar acontecimentos. Bordel? Máquina trituradora de perspectivas para as putas, as croias, as catraias, as fuampas; lugar no qual os deuses os santos os anjos tergiversam diante das súplicas delas, as meretrizes as findingas as birais as biscaias; indiferença despropositada, insensatez descomedida – ou elas, as marafonas as pituriscas as rongós são desprovidas de perspicácia mística? Agora? Horizontes turvos, escarnecedores, refratários aos amanheceres, propícios aos estiolamentos. Eu? Vida toda? Rosa-irrefletida: refém das impulsividades. Agora? Exaurida, impregnada de estupores, incapacitada de suportar a mim mesma – não há possibilidade de coagir o passado. Jeito? Elaborar tese-cilício deixando palavra vez em quando se subordinar à autocomiseração, aos esfacelamentos internos: sensação de que todos os ritos expiatórios foram abolidos para sempre. Bordel? Antes de entrar, não sabia exata extensão do axioma, segundo o qual para que surja vontade, é necessária antes uma ideia de prazer e desprazer – lamentável, nasci depois daqueles tempos em que pessoas tinham oráculos, avisos secretos, acreditavam nas profecias. Agora? Desamor ao destino; exuberância ao rés do chão; classificando tropeços, rememorando impulsividades; deixando-me levar pelo predomínio da apatia, do alheamento, dos entorpecedores amiudados. Bordel? Templo das trapaças orgásticas, das virilidades efêmeras – sim, meu poeta, até as pedras são pelo tempo levadas de vencida e os rochedos transformam-se em pó e tudo é formado por um corpo que nasce e morre. Agora? Desaguar nesta tese-prostíbulo meus próprios dissabores; desaprender arroubos; adestrar insaciabilidades e ímpetos luxuriosos e impulsos belicosos – não estava preparada para ser minha própria cobaia. Bordel? Lugar no qual não se faz estágio impunemente. Sei: arrastar aqui neste texto-tese-testemunho minhas plangências é igualmente inútil feito atitude aquela dele Aquiles de levar de rastos cadáver de Heitor: Pátroclo não ressuscitou. Agora? Viver dias miúdos trancada em mim mesma, ser meu próprio ataúde; tentar driblar as interpelações do acaso; outorgar-me o poder da mnemônica; ser carpideira da própria morte lançando mão intempestiva de tese-cataplasma, de texto apaziguador quase acadêmico quase literário; tentar apagar de vez as próprias teatralidades; exílio, sim, exilar-me nas regiões soturnas da mortificação dos sentidos; aquecer-me nas entrelinhas do próprio texto. Bordel? Templo dos desentranhamentos: machos desventram nossas fendas nossas frinchas nossas vidas; cidadela das vulvas fertilizantes fecundando pênis infantes; conas afrodisíacas rejuvenescendo falos revelhuscos. Sim, poeta, todas pensam, uníssonas: *Quem sabe o senhor da outra noite me leva com ele.* Chance? Quase nenhuma: dias semanas anos inteiros coalhados de frustrações, sem corresponder às expectativas. Prostíbulo e bem-aventurança? Inconciliáveis entre si. Bordel? Lugar em que ventos contrários fustigam o desalento. Agora? Resignar-me: impossível criar pontes suspensas sobre precipícios pretéritos; vida toda fiz chacotas troças do acaso, mas acabei eu mesma alumiando veredas da minha própria imprevisibilidade. Agora? Amordaçar intempestividades e perder a pressa de chegar no dia seguinte e andar ziguezagueante driblando ventanias, prováveis tropeços, possíveis esfoladuras na alma; resguardar resignações; reinventar trapismo para mim mesma; aquietar dubiedades; desaprender devassidão; repelir alvoroços; umedecer a alma; seguir a inexorável lei da contemplação, sim, estudei Santo Tomás de Aquino, mas não havia me atinado momento no qual ele diz que as virtudes morais pertencem à vida contemplativa como predisposição. Agora? Acalentar reveses com o emplasto, o unguento da resignação; lapidar arredios; cultivar sem medo os próprios assombramentos, as súbitas aparições ao pé da cama e nas paredes dos quartos onde durmo; criar, espontânea, ritual de austeridade para mim mesma; explodir meu arsenal de intolerância; tatear prumos; reaver-me; entrançar-me nos vestígios da ternura; emergir a pretérita Rosalux nas águas do Letes; apagar rastros dos desvios pretéritos; recolher destroços no alforje da penitência; forjar mansuetudes. Bordel? Templo oráculo de presságios funestos; povoado das adversidades; usina de cancros e frustrações e purulências e desesperanças; laboratório sufocador de afetos; lugar no qual sempre emperra a roda do afago sincero; onde as anomalias sexuais masculinas se transbordam inexoráveis, inabaláveis; onde risonhas expectativas vivem em permanente convalescência; lugar no qual nós, mulheres, caímos para nunca mais levantarmos de vez; pavilhão atafulhado de solidões femininas; onde nossos próprios demônios rosnam quase sempre ao pé da cama; estrada sinuosa que desemboca no declínio; córrego que alimenta o moinho do menosprezo. Eu? Vítima da própria imprevidência: deveria ter colocado rede debaixo daquele desastroso salto triplo. Agora? Catar destroços, recuperar desmoronamentos íntimos; caminhar às apalpadelas entre veredas obscuras do acaso; alumiar escuridões internas; esquecer incandescências — esquecer para me livrar de fardos mnemônicos; agarrar-me, desesperada, contraditória, vez em quando a Lucrécio, vez em quando a Tomás de Aquino; ficar de cócoras, reflexiva, horas seguidas, num cantinho de mim mesma; ou, quem sabe (?), viver horas abstratas abstraídas talvez; me acostumar, oclusa, aos eclipses personalizados; sensação de que vivo às escondidas de mim mesma querendo extrair inútil do corpo para sempre todas aquelas fornicações mercantis — inútil: meu corpo é minha sacristia profana. Agora? Tentar viver nos alhures nos distantes de mim mesma, ou, quem sabe (?), fazendo aos poucos desta tese-testemunho minha marcha fúnebre, trilha sonora do cortejo sombrio dela Rosalux, a croia circunstancial, a puta provisória; agora, aqui, eu, Rosa Luxemburgo dos trêfegos trópicos procurando abrigo no aconchego redentor das palavras que não deixam desalento absoluto se alastrar futuro adentro.

Entrevista inédita que fiz com ele, extinto afilhado escritor cujo primeiro livro prefaciei

— E a esperança? Posso dizer que levaram tudo seu, inclusive alguns pressentimentos?

— São muitas minhas esperanças: todas recolhidas há meses jogadas num canto do quarto de despejo de minha casa imaginária – são telhas soltas esperando encaixe simétrico para futuro pai-pedreiro batizá-las todas com o mesmo nome: telhado.

— É possível se precaver contra as próprias contradições?

— Ainda não aprendi a eliminar, no nascedouro, as próprias antinomias – quando me entrego às reflexões, feito agora, sinto que suas intensas cogitações são esbatidas pelas discrepâncias, pela falta de nexo – algaravias paradoxais.

— E a solidão? É aquele invisível ali no canto de cócoras carente de apalpamentos?

— Inútil lançar esconjuros de todos os naipes: enredei-me ingênuo nos laços da solidão ilícita. Faltou-me astúcia para o arranjamento longevo. Uma vez, escrevi: *E a chave da porta daquele porão abandonado? Quem vai suprir a carência de giros dessa pobre-inconsolável tranca?*

— E as certezas? Ultrapassamos se tanto o pórtico do talvez?

— Refugio-me no subsolo dos tatibitates: aprendi ofício de afagar névoas-neblinas – sempre refém do hipotético. É extenuante procurar abranger com a vista os contornos da convicção.

— E Deus? Levou descaminho?

— Desconfio que se refugiu de vez no subsolo do incognoscível.

— O poeta Mário De Sá-Carneiro perguntava: *Onde estou, se não estou em mim?* Henri Michaux, por sua vez, afirmava: *Quando me virem, bom, não sou eu.* E você?

— Meus muitos eus... maioria quase absoluta, mesmo supostamente às ocultas, são eficazes, ardilosos na manufatura do disfarce, no fabrico das tergiversações: sabem praticar soslaios e vieses – pertencem todos à árvore genealógica dos Oblíquos.

— E essas possíveis inquietudes que emergem de dentro das muitas inúmeras impossibilidades?

— Desconsidero os trejeitos obscenos do estar-fora-do-alcance. Aprendi a decodificar o demasiadamente íngreme; conheço de perto a arrogância dos estorvos – mesmo assim, vivo tropeçando nos empecilhos, esses óbices intrépidos e suas fidelidades implacáveis.

— E por falar em tropeços... Envelhecer é tropeçar a todo instante nos evocatórios, nos rememorativos – e cair no esquecimento?

— Envelhecer é viver com rima que restou: trancos-barrancos; é viver absorvido pelas reminiscências, atravessando décadas retroativas, catalogando longínquos, inventariando distâncias pretéritas. Jeito que encontrei, aos quase sessenta: acrescentar alguns arabescos autocomiserativos nelas, minhas reais estripulias também envelhecidas. Entanto, para quem acredita numa outra existência post mortem, velhice deverá ser infância do eterno.

— Viver? Você se preparou para esta emboscada?

— Vida toda saí apressado de casa deixando na gaveta tufos de estratagemas – motivo pelo qual vida toda me senti vulnerável vendo meus bolsos sempre vazios, despossuídos de astúcias.

Fragmentos inéditos dele, extinto afilhado escritor
cujo primeiro livro prefaciei

Deixou as lamúrias na gaveta e caminhou trouxe-mouxe pelas ruas assobiando trechos da *Nona* – de Beethoven. De repente extasiou-se vendo vento prevaricador levantar a saia de encantadora moça que, digamos, incauta, mostrou seu indelével desprendimento íntimo. Ele nosso andejo voyeur há meses não consegue mergulhar no esquecimento aqueles sub-reptícios e veludosos pelos púbicos.

Queria possuir o domínio absoluto das próprias iniciativas. Entanto, depois de prolongada retrospectiva pessoal, descobriu, desconsolado, que não poderia ter grande ascendência sobre aquilo que nunca teve.

Sensação de que já começava a aspirar os bem-aventurados ares das probabilidades; de que não precisava mais lançar mão de regateios diante das incertezas; de que poderia escalar degrau a degrau os caminhos dos alvissareiros; de que havia-se blindado dos mais variados inúmeros presságios sinistros; de que estava desde aquele momento predestinado às culminâncias; de que poderia de agora em diante se confraternizar tempo todo com a perspicácia; de que as perspectivas favoráveis começavam a sobrepor benevolentes umas às outras; de que a sorte se obstinava em favorecer suas andanças em direção ao êxito. Quando, enfim, as mais variadas e possíveis sensações começavam a se legitimar, espontâneas, percebeu, frustrado, que todo este conhecimento imediato e intuitivo era uma emoção heteronômica, cujo nome imaginário, ele, autor real, mas agora decrépito, não conseguia de jeito nenhum trazer à lembrança.

Seria sensato criar analogia de Amor Platônico mostrando foto de frasco de éter destampado? Predeterminação lasciva provocando a luxúria do Predomínio. Sempre alimentado pelos ingredientes afrodisíacos da Soberania; sempre se guiando pelos ventos propícios às Dominâncias, às Supremacias; sempre seguindo as trilhas pavimentadas com a mistura escura e viscosa da Tirania. Sensação de que se considerava metal preservado (por leis próprias) das oxidações. Contam que ainda hoje, mesmo depois de se instalar num manicômio, continua estudando a hereditariedade e a estrutura e as funções dos genes do Poder Absoluto.

Vive tentando se precaver contra as próprias contradições. Ainda não aprendeu a eliminar, no nascedouro, as próprias antinomias – quando se entrega às reflexões, feito agora, sente que suas intensas cogitações são esbatidas pelas discrepâncias, pela falta de nexo – algaravias paradoxais. Motivo pelo qual acaba de perguntar a si mesmo: *E esse Invisível, acocorado ali no canto, carente de apalpamentos?*

E essa fumaça de incenso que se esvai frustrada sem embaçar mau-olhado nenhum?

Pensamentos sempre prenunciando catástrofes – traços psicológicos alarmistas. Seus vulcões personalizados vivem em permanentes erupções. Tudo-todos se encontram em estado constante de vulnerabilidade. Desapego absoluto às risonhas expectativas. Sensação de que não há mais luas e nem lobos – uivos, sim. Para ela, nossa rezingueira personagem, a alma humana é um cano de chaminé atafulhado de fuligens; o mundo, navio-carvoeiro.

E a chave da porta daquele porão abandonado? Quem vai suprir a carência de giros dessa pobre-inconsolável tranca?

Epitáfio: FOI TUDO UMA CONTÍNUA QUASE INTERMINÁVEL CILADA.

Procura-se trincheira para se defender dos obuses do acaso; procura-se tapume invisível para impedir a debandada dos alumbramentos; procura-se bússola para benquerer que se arredou dos caminhos da amizade; procura-se marquise para se abrigar da chuva de boatos; procura-se reticência para

Suas empreitadas artísticas ameaçavam altivos voos, significativas melhorias a cada obra. Evolução natural-intelectual. Sempre excitado diante da Imaginação, sempre incitado pela Reflexão – ambas, irmãs siamesas do Talento. Entanto, com o tempo, irritou-se, entrou em estado quase colérico por causa da excessiva Receptividade – motivo pelo qual, em suas obras literárias mais recentes, lançou mão do Enigmático. Estudiosos do assunto desconfiam que ele, nosso agora ambíguo, obscuro escritor, adquiriu o dom de psicografar o Incognoscível.

Vivia facilitando o Acaso para se tornar mártir: queria a todo custo atrair a piedade, a admiração de todos os seus familiares, de todos os seus parentes colaterais. Até que um dia conseguiu se enforcar num dos galhos de sua árvore genealógica. Dizem que foi um dos primeiros surrealistas da história.

Fé esconsa – sabe da insuficiência de todos os rituais, de todas as liturgias, de todos os suplícios, de todas as autoimolações; sabe de igual modo da inutilidade de refugiar-se no inalcançável, no imperceptível; não conta com os favores do céu; não se inclina diante das incongruências etéreas do misticismo; não se inclina diante das preeminências do espírito: é uma criatura quântica in totum.

Ainda não havia se acostumado com os solavancos do imprevisível e com a insaciável abastança do descaso e com a rudeza do incognoscível e com os esconjuros-bumerangues e com o não-chamejar das próprias manhãs e com o escárnio do inacessível. Entanto, alguns afirmam que pouco antes de ocultar-se à vista de todos, já conseguia se embrenhar nos redemoinhos póstumos e nas brisas subservientes e nos nevoeiros profanos e nas neblinas abnóxias; outros, garantem que agora, neste exato momento, transita ali entre os becos obscuros do Destrambelho.

Resmungos chegavam quebradiços – tataranhas rabugentas, casmurrices mal-ajambradas. Desconfiavam que a vida para ele, nossa casmurra personagem, era uma infindável coletânea de tramoias, de ribaldarias inauditas. Testemunhas garantem que ele dizia, intangível, que nós, mortais, somos providos de caracteres perfunctórios, carentes de integridade. Dizem também que ele, intransigente, nunca havia se curvado, até aquele acontecimento, diante da Condescendência, mas, dois meses antes de morrer, afirmam, foi infectado por um certo recorrente-equânime vírus, cujo nome é Desvio.

Olhares extenuados procurando lonjuras, tentando alcançar descendências para se espelhar – suscitar a preponderância dos antepassados. Olhares extenuados ainda impossibilitados de transitar nos escaninhos da genealogia das inumeráveis ausências; olhares conclamando ressurreições. Não, ele não ignora as próprias deficiências evocatórias e sua incapacidade de manusear ancestralidades. Sabe igualmente como é extenuante procurar abranger com a vista os contornos da transcendência; procurar entender a mímica do desarrazoado.

Os arrebatamentos – nunca se sentiu constrangido com sua predisposição congênita para o furor incontrolável, a reincidente ira. Alimenta-se, autofágico, do próprio acesso de fúria – apropriação sinistra das Vociferações. Sempre infligindo danos às interlocuções que se pretendem amistosas; sempre à disposição da belicosidade verbal – nunca quis entender a transigente carpintaria da Condescendência. Mora sozinho – motivo pelo qual não precisa sair de casa para ver todo santo dia seu verdadeiro desafeto.

Impossível recuperar a arqueologia da infância escavando-trazendo de volta aqueles fósseis e artefatos lúdicos: pandorgas e bolas de gude e piões e outros que tais. Como refazer agora a trajetória fatal daquelas pedras que quase nunca se perdiam no meio do caminho entre o estilingue e o passarinho? Como cavoucar o chão intangível de pretérito longínquo para vivificar o sentido do gosto do primeiro-furtivo beijo? Como desfazer agora as emboscadas do póstumo? Como decifrar os enigmas da maldição dos afogamentos precoces? Infantes tentados-encantados talvez por falsos e ardilosos cantos de sereia carpideira? Não se entra duas vezes no mesmo rio – da infância.

Enaltecia o Afeto – sempre reverencioso diante da benquerença. Angustiava-se com as reiteradas desaparições do Afetivo. Era preciso restaurar as empenas do telhado do Fraterno – mesmo sabendo da impossibilidade de aplanar o Abstrato. Contam que nossa afetuosa personagem vive agora num desconsolo quase-infinito: percebeu que o Afago descambou de vez para a Obliquidade.

Você não vai nunca ler o primeiro esboço deste fragmento aqui, que, quando caminhava fluente, sofreu de súbito brusca intercepção de sorrateira crise ininterrupta de cacofonias. É difícil apascentar-doutrinar a todo instante as lexicais ovelhas que insistem em se desgarrar do texto.

Vaidade vai por água abaixo quando descobrimos na velhice que vida toda só fomos vistos de relance.

Ah, o Duplo, seu Duplo – mesmo supostamente às ocultas, era eficaz-ardiloso na manufatura do irreparável e no fabrico dos despropósitos. Entanto, quando suas estripulias sumiam meses seguidos, surgia o inevitável banzo, o inevitável sentimento de nostalgia do outro ele-mesmo.

Temperamento resvalando na placidez; fala reticenciosa configurando prudência; gestos ponderados sublinhando civilidade... Foi assim que ela começou a delinear o retrato falado de seu sequestrador – sem perceber que já havia sido capturada pela Síndrome de Estocolmo.

A vida poderá ser épica; a morte, epigramática.

Indefinível, ser indefinível, silhueta contraditória, caricata, constrangedora, opacidade desmedida – foi assim, olhando a própria sombra na parede que pôde, enfim, se conhecer melhor.

Sensação de que vai, aos poucos, sendo consumido por elas, suas próprias litanias epigramáticas às avessas. Por enquanto continua aqui: num instante, nas entrelinhas; noutros, entre uma vogal e uma consoante; na maioria das vezes, mais imperceptível ainda, escondido nas próprias imbricadas frases. Sente-se bem aqui, acocorado solapado nos parágrafos: ainda não se preparou para as convivências.

Desde que roubaram todas as suas intuições, deixou de se preocupar com o daqui-a-pouco.

Anda tempo todo às apalpadelas pelos corredores escuros das impossibilidades. Corredores ambivalentes: fluxos refluxos quase se opõem mutuamente, em todos os sentidos, além dos óbvios evidentes sentidos opostos: às vezes, rebeldes, são os fluxos que refluem – motivo pelo qual ele vive impossibilitado de ir e vir.

Sempre tragado pela voragem do desencanto; vento range-sopra *sempre* em sentido contrário, desarrumando acasos; clamores são *sempre* abafados pelo desdém, solapados *sempre* pelos desmoronamentos intrínsecos. Um dia, conversando com lexicógrafo, nossa estranha personagem perguntou se havia alguma previsão; se ele, dicionarista, saberia dizer quando que aquele advérbio que tanto o perseguia cairia em desuso – o *sempre*.

Agora aqui arraigado nos longínquos; tentando inútil apalpar pretéritos; preparando-se igualmente contra as emboscadas da obliteração, das estocadas da sintaxe do esquecimento. Agora aqui cavando com enxó mnemônico este terreno árido para chegar talvez até o fundo do primordial subterrâneo da memória, das contraditórias rememorações. Agora aqui se refugiando nas neblinas contagiosas do inolvidável – cedendo, subserviente, deixando-se subornar por esta entidade abstrata, ectoplásmática cujo nome é Saudade.

Ignorava vozes contrárias, desdenhava ventos desfavoráveis – seguia em frente, altivo, carregando consigo nítida sensação de que ele mesmo havia se elevado às hierarquias superiores arregimentando para consumo exclusivo todas as virtudes teologais. Seguia em frente, passos irreconciliáveis com o retroceder, antecipando o logo-adiante caminhando em ritmo acelerado, fazendo ouvidos moucos aos contrafluxos do acaso, às vozes contradizentes, aos apelos em contraditório. Historiadores afirmam que nossa soberba personagem foi quem, por assim dizer, ensinou, pela primeira vez, todos os mortais a se precipitar no abismo.

Ouvia quase sempre vozes intempestivas transgredindo as leis da placidez; torcia para que as beligerâncias verbais se diluíssem na mansuetude; procurava, inútil, decifrar aquelas algaravias belicosas, aquelas exclamações aziagas, aquele catálogo de impropérios – altercadores azêmolas, ausentes de contemplação. Sensação de que todos os vocábulos que emergiam de dentro daquele cômodo ao lado estavam coagulados de sangue. Era um casal que descendia da Discórdia, deusa dos desconcertos. Ele, criança, mesmo assim já sabia que era descendente daquele conglomerado todo.

Serenidade incômoda. Humilhante. Criatura desprovida de forma física, sem matéria – poderíamos afirmar em tom alucinatório. Entretanto, estamos falando de alguém comum, sereno feito monge trapista, apesar de nunca ter pronunciado o dístico *memento mori*.

Existência ilesa às contundências, aos bulícios, às bravezas. Alguns místicos afirmam que ele foi hipnotizado pelo Arredio.

Passos agoniados em consequência da imprevisibilidade do logo-ali-adiante – andarilho devotado às hesitações, às claudicâncias. Mesmo assim percorre sonâmbulo-incongruente as trilhas da Obsessão: caminha alheio aos apelos das Abstrações – embora sabendo que compulsões escangalham os atalhos da Ponderação. Entanto, segue, mesmo agoniado, apalpando as tramas, as urdiduras indeterminadas do Imponderável. Sabe igualmente da impossibilidade de exigir cadência das andanças predestinadas aos descompassos. Apesar de tudo segue à procura dos mágicos, dos prestidigitadores- -restauradores de Altivezas.

Álibi, precisava encontrar álibi para tanta melancolia – escusa aceitável para aquelas desarrumações advindas do Desconsolo. Vivia à margem da Euforia, sob os desmandos da Inquietude. Álibi, precisava encontrar álibi para seus desabamentos emocionais. Hoje cedo encontrou: descobriu que tudo isso era originário do desaparecimento abrupto-insistente da surpreendência do Imprevisto.

Não sabe como esconjurar os feitiços dos Desajeitamentos. Tempo todo vivendo nas cercanias das exageradas superstições advindas dos deuses atabalhoados – crendices hiperbólicas. Seja como for, transita pela vida circunscrito às abstrações científicas. Hoje cedo, desatento, deixou cair frasco de Malquerença emporcalhando o assoalho de Animosidades.

Dava alguns passos errados fora de casa, depois voltava; passos errados, voltava, passos errados, voltava; de repente, nunca mais voltou – difícil entender a coreografia do abandono.

Poderia farejar as voluptuosidades do eventual, as luxúrias do acaso, as propiciações do sagrado desejo de cooptar o imprevisível. Poderia chegar a pressentir os incógnitos e os impresumíveis com seu olfato metafísico, transcendente. Poderia pretender adestrar uma dezena de mistérios com seu chicote incognoscível. Para isso, dizem alguns, precisaria adquirir o dom da existência.

Nesses tempos de desentendimentos mútuos, aconselha-se a evitar inclusive os solilóquios.

Sensação de que tinha estampado no rosto o signo do Desconsolo; olhar ausente de lume – sombrio. Sensação de que sua alma era redemoinho de inquietudes; mente igualmente em andrajos; indícios melancólicos. Era ele mesmo seu hangar, seu abrigo de silêncios. Andarilho-náufrago; vítima talvez de naufrágios idílicos, possivelmente homólogos aos trágicos shakespearianos – sem requintes literários. Caminhante cabisbaixo exilado em si mesmo. Entanto, aprendeu, com o passar do tempo, a farejar, com antecedências descomunais, uma rua sem saída.

E esse gume solitário, etéreo, procurando inútil lâmina metafísica?

Desconfiam que aquele senhor ensimesmado ali, na esquina, veio a serviço do Rei Sol – para recensear sombras.

Começa de repente a gostar de empreender a árdua tarefa psicológica de ser a antítese dele mesmo – transgressão personalista perceptível, embora ainda asfixiante: seu eu-eixo continua preponderando, por enquanto. Mesmo assim, hoje, pela manhã, já conseguiu caminhar algumas quadras com passos inéditos.

Não deveria ter havido coincidência naqueles olhares dos dois naquela tarde em que tudo começou: foi um equívoco ótico.

Sensação de que sua vida é uma parábola ininteligível – recheada de não-vereis-não-entendereis. Agora estuda teologia, empenha-se nas alegorias e metáforas de Jesus e de Marcos e de Lucas e de Mateus. Decifra sabiamente todas elas. Entanto, sua própria vida continua, para ele mesmo, obscura enigmática cabalística.

A transcendência é o último andar do mistério? Não conseguia conter a sanha dos sortilégios, as tramas engendradas em segredo pelos feiticeiros dos desígnios. Tornou-se refém do ocasional, vivendo enrodilhado nas malhas do inopinado. Sensação de que os fados usurpavam, apropriavam-se de suas quase certas bem-aventuranças. Difícil abafar os uivos ensurdecedores da fatalidade, decifrar a linguagem abstrusa do imponderável. Entanto, desde hoje cedo, não vive mais desprevenido: refugiou-se em seu aposento secreto, cujo nome é Niilismo.

Langores ineludíveis provocando a todo instante desolados muxoxos, desolados desconsolos. Convivendo com os espectros das próprias mágoas que ainda incitam-provocam-vivificam camadas superpostas de ressentimentos. Às vezes, inesperadas gargalhadas contraditórias – histeria. Coração-silo armazenando inquietudes. Sabe que agora é inútil procurar decodificar os enigmas de suas íntimas-incomplacentes encruzilhadas; mesmo assim resmunga – alheio às advertências do Rancor.

E esses acasos vorazes e suas surpreendências fatais, atafulhando nosso cesto de saudades infinitas? E essas ruborizações flutuando a esmo no ar procurando debalde frontes agora encantoadas-camufladas na desfaçatez? E essas parábolas emudecidas, desacorçoadas ali no canto, depois de debandada geral das metáforas e dos símbolos e das alegorias? E essa dissolvência do ínfimo por causa do desleixo, da displicência do Irredutível? E esse daqui-a-pouco, esse logo-mais querendo se antecipar procurando desesperado a Intuição?

E essa inquietude que emerge de dentro da impossibilidade? E essa timidez que se refugia nos próprios incógnitos? E essas lamúrias tecidas com o fino frágil fio da lengalenga? E esses passos únicos caminhando no sentido contrário ao unânime? E essa desesperança contornando o inexistente? E essa nave de igreja debaixo dos escombros implorando ecos bachianos?

Vive diante do medo e seus tentáculos indissolúveis, entorpecedores; medo em acentuado relevo do inconcluso – também, necessário dizer, da igualmente asfixiante conclusão trôpega, entretecida nos atilhos da frustração. Considerando que seu medo maior é o medo da morte, refugia-se conformado em cada amanhecer que surge (providencial) em seu caminho.

Sempre se esquiva, abstém-se do plausível – motivo pelo qual aprofundou-se no ofício de juntar estilhaços de si mesmo.

Grunhidos de origem desconhecida: bulícios profusos. Sensação de que esse ingranzéu chegava em camadas superpostas, juntadas por acréscimo umas sobre as outras. Parecia que ela, nossa atordoada personagem, estava perdendo o uso da razão – difícil desvendar o preâmbulo do destrambelho, decifrar os estalidos dissonantes da insensatez. Ah! São enigmáticos os burburinhos oblíquos do desarrazoado. O despropositado, nos últimos dias, havia atingido seu paroxismo. Entanto, dizem, o aviso sonoro, o ruído, o rumor da sirene da ambulância, ele soube identificar com presteza.

E aquele psicanalista ali, desconsolado, olhando há semanas para seu divã vazio carente de patologias múltiplas?

Olhar despótico, gestos igualmente tirânicos. Andar altivo legitimando bravatas. Voz tonitruante. Expressões atafulhadas de intransigências. Alma inextrincável, misteriosa – possivelmente predisposta às condescendências diabólicas. Dizem que meses atrás esbarrou distraído na Ternura – não se desculpou.

Convive muito pouco com os outros – vive inclusive nos arredores dele mesmo.

Ele ainda vive na expectativa do momento propício; iludido com as pertinências – precisa se reconciliar com o consentâneo. Caminha às vezes em ziguezagues entre desabamentos alternados. São muitos os arredios nas entrelinhas de sua biografia. Sabe da impossibilidade de aplainar desfiladeiros. Reconhece de longe o emblema, o sinal distintivo do contratempo – a despeito das ambiguidades do temerário, das indecisões do abrupto. Entanto, continua em sua obstinada empreitada alquímica para descobrir, mais cedo, mais tarde, unguento capaz de diminuir o ardor das peripécias cotidianas.

O amor? Sempre na espreita, de tocaia, atrás do imponderável – para se atracar com a desilusão.

Lugarejo despovoado – talismã da desolação: é possível ouvir o galope do vazio; região oprimida pelos eclipses existenciais, cuja duração prolongada desrespeita preceitos astronômicos provocando inquietude à ordem natural das coisas; chão todo ele fracionado por fendas, frinchas; atmosfera fatídica – ímã de presságios nefastos alados; uivos miméticos, intermitentes; aridez paroxísmica; curtos--circuitos nas ramagens, nos gravetos prosaicos impedindo a configuração física da coivara. Ah, não era a intenção inicial, mas, com o andar da carruagem, foi surgindo, inconsciente, o retrato falado metafísico dele mesmo.

Tempo todo incomodado com a chegada prematura das palavras: antecipavam atabalhoadas o Discernimento. Vocábulos jorrando da fonte das Precipitações. De repente, já na oitava página, destruiu tudo pensando nele, Nietzsche: Escrever bem também significa pensar bem.

E esse espelho frustrado impossibilitado de refletir soslaios e vieses e obliquidades? E essas vulnerabilidades desviando os caminhos do irrefutável? E esses astros desterrados carentes de eclipses? E esses lugares vazios implorando ubiquidades? E esses tropéis se frustrando com as indecisões dos galopes? E esses limites exíguos carentes de arrabaldes?

Esplendores furtivos – mesmo assim ouve seus ressonares longínquos, possivelmente noutras planuras: não consegue decifrar a esotérica geografia dos alhures, ou o roteiro místico-esplendoroso dos algures. Aventureiro incansável, continua empreendendo viagem dentro dele mesmo escarafunchando possíveis prováveis esplendores internos – possivelmente entranhados em seu inexplorado subsolo.

Alheio às complacências, frio, arredio às branduras – incorporou o adjetivo Insensível ao seu vocabulário. Segue, irreconciliável, implacável aos apelos dos deuses da Indulgência. Estendem-se, ao seu redor, os eflúvios do rancor, da intolerância – premedita a inflexibilidade acalentando a indiferença. Os otimistas garantem que há sempre algum atributo no subsolo do Incógnito; já os niilistas... acredita-se que eles já implodiram há muito tempo os porões das Probabilidades. Não sabemos ao certo: tudo muito confuso. Existe às vezes circunstância ficcional, feito esta, aqui neste fragmento, por exemplo, na qual autor e personagem se distanciam deixando tudo ao alvedrio imparcial do leitor.

Tudo desabou de repente a poucos passos do quase-acontecendo – são sempre frustrantes essas não-realizações que surgem de súbito desestruturando a geografia do talvez. Impossível ficar indiferente, não se atarantar diante do abrupto, não ser ungido pela perplexidade. Entanto, ela, nossa personagem, já mostra empenho em conseguir enxotar com olhares fulminantes os abutres que vivem à margem das águas de barrela. Não se pode omitir o fato de que ela, nossa personagem, situada a grande distância do heroísmo, às vezes chora às escondidas, às vezes impropera os deuses – a despeito de reconhecer que as perspectivas favoráveis em muitos momentos praticam recuos estratégicos.

Especializou-se em aglutinar agonias, em arregimentar exasperações. Às vezes se abstraía deixando o rancor se refugiar alhures, possivelmente dentro dos assobios harmônicos da resignação – embora soubesse que nunca saímos ilesos in totum dos desmoronamentos utópicos; que não podemos estancar o ciclo desordenado dos feitiços dos deuses do desamor. Entanto, desconfiam que ele nos últimos tempos havia aprendido a conquistar a estima a simpatia da Desistência.

Tem necessidade do acontecimento – mesmo que seja rudimentar, tanto faz: é preciso abrir a todo custo as fronteiras do acontecer. Carece do acontecimento: coxo, chocho, altivo, tanto faz. Vive acastelado entre as muralhas da monotonia: castelo-caudal-às-avessas – vive enclausurado nos escaninhos do monótono, do enfadonho, na carência das estripulias do acaso. Precisa ser capturado pelo acontecimento, livrar-se das amarras do abismático tédio – motivo pelo qual vive, por assim dizer, procumbindo diante do Inesperado.

Sensação de que vive nos arredores do Agora, nos arrabaldes do Instante; tempo todo sob eflúvios entorpecedores do Alheamento: não há sismógrafo que consiga detectar as vibrações do chão sobre o qual ele caminha. Seus pensamentos estão sempre ancorados nos longínquos: desconfia-se que, para ela, nossa ausente personagem, o Neste Momento já nasce equivocado. Há quem garanta que não se trata de alguém alienado in totum: sabe que o mundo fica a poucas quadras daqui. As coisas, afinal, sabemos todos, nem sempre são como imaginamos: os quatro pontos cardeais são três: o sul e o norte – diria Vicente Huidobro.

Afeiçoa-se às Blasfêmias aos gritos aos bracejamentos histéricos – sempre se queimando no fogo da Animosidade, nas labaredas da Desmesura. Tempo todo maldizendo a Complacência, esconjurando o Atenuar, caminhando parelho ao Tormento. Contam que ontem de tardinha ameaçou um bocejo seguido de profundo fastio quando sentiu de súbito no fundo do peito uma aragem de Brandura.

Palavras hipnose procurando tentando inútil induzir o próprio poeta às turvações da consciência; palavra abrigo procurando tentando inútil recolher os cacos do olhar desprezo da musa; palavras presságio procurando tentando inútil pressentir o verso que nunca virá; palavras estratagema procurando tentando inútil iludir leitor a ler fragmento, este, que nunca acontecerá.

Precisa aprender a desarvorar a própria passividade e deflorar parcimônias e tecer o manto dos arrojos e triturar pudores alojados nos escaninhos da consciência e desenclausurar as próprias condescendências e encurtar a timidez encurtando a lonjura que tem de si mesmo e abolir resignações e desestruturar as próprias crenças e explorar cinismos encafuados nos seus dele íntimos e exorcizar auréolas e vivificar a inveja e o rancor e... Tudo isso amanhã, quando as portas se abrirem — depois que ele se despojar de vez da condição de monge trapista.

Ouviu outro dia peixe no aquário comentando com outro sua eterna frustração de não poder dizer à semelhança dos marinheiros, por exemplo, a expressão que ele considera muito muito poética: FAZER-SE AO MAR.

Seu olhar abrange sem esforço as imprecisões do inesperado; sua abrangência auditiva é capaz de ouvir o trote solitário de cavalo alado; seu poder cognitivo facilita suas espontâneas decifrações, entre elas, apalpar os desígnios dos deuses, pressentir o ainda-não-dito, ver longínquas paragens entre as linhas da palma da própria mão e desfazer a simultaneidade da consonância. Exímio prestidigitador — ou quase exímio: ainda não conseguiu decifrar motivo pelo qual sua extinta companheira de vida conjugal não atende aos seus insistentes chamados mediúnicos.

Titubeante... Caminha titubeante, passos indecisos, trêmulos, avanços e recuos mínimos; homem reduzido a quase-nada, coisa-alguma. Agora possuído por aglomerado de reminiscências — rosário mnemônico. Algumas lágrimas de aparência fortuita. Sabe que a trajetória é ínfima, curta demais para o arrependimento. Sabe igualmente que está anoitecendo de vez para ele – agora a poucos passos do patíbulo.

Sorriso escasso, inquietudes várias, alentos temporários – carece dos afagos das sublimações. Sensação estranha: às vezes se considera precursor do Desalento. Ainda não conseguiu se redimir dos pressentimentos funestos. É ele mesmo seu próprio cortejo de perspectivas inacessíveis, de profecias insanas. Contudo, sendo cientista dedicado aos estudos da química, acredita que está quase conseguindo criar substância artificial capaz de debelar as Adversidades.

Não pertencia a nenhuma linhagem divina, não tinha estreita relação com o incomensurável, com as resplandecências etéreas; sabia-se, contudo, que acalentava a introspecção, a sobriedade, rechaçava o espalhafato, era avesso às exuberâncias, perseverava na sensatez, era a similitude do comedimento. Entanto, desconfiavam que existia imprecisa indistinguível tristeza perdida nas brenhas de sua alma – havia destroços em seu olhar; semblante santificado desolado, tudo amalgamado numa espontânea harmonia, a despeito da quase-insinuante película do insondável. Desconfiavam que vivia acossado por igualmente quase-imperceptível angústia. Encontraram sobre a escrivaninha do quarto, folha de papel com duas, três frases iniciais, rasuradas – era perceptível a intenção do quase-missivista tornar inválido, inelegível o começo de uma carta-de-despedida.

Suntuosas... Palavras resplandecem às golfadas já nas duas primeiras páginas – poema prometendo proezas épicas. Há entusiasmo, há voracidade-veracidade entre um verso e outro: vocábulos nascem beligerantes, prontos para o embate bélico de todos os séculos. Peloponeso redivivo? Tucídides reencarnado? Antes, nosso poeta contemporâneo precisa vencer batalha íntima entre ele e as próprias palavras; entre ele e a própria memória; entre ele e o próprio fôlego literário; entre ele e a própria paciência; entre ele e, em acentuado relevo, o próprio talento. Nunca fomos afeitos aos maus-olhados, mas, pelo que aparece na terceira página, poema agora promete, quando muito, pinimba – entre duas famílias de cidadezinha qualquer.

Ficaram algumas cicatrizes – invisíveis. Outras tantas complacências, também. Sabe-se que é comum a todos se precipitar dos acasos. Jeito é ficar na varanda contemplando arrependimentos? Cultivando inutilidades? Esperando a ventania carregar os desassossegos? Ele sabe que não se acalantam inquietudes só com o vaivém da cadeira de balanço – embora esse ir-e-vir suscite hiatos-cochilos, sim, emplastros provisórios. Dizem que nessas tardes de muitas compunções, muitos pungimentos, ele relê Jorge de Lima; ontem, grifou este verso: Porque o tempo de depois é escuro como um poço e não tem horas para o amor.

Torpor, afeiçoa-se ao torpor sem abrir mão dos providenciais delírios e de sagradas desmesuras. Entanto, nada disso justifica seus gemidos melancólicos que surgem de escantilhão; nada disso justifica o grotesco dela, sua própria desnorteada desolada vida. Inexplicável, mas ainda espera, otimista, que inédita lei da natureza surja abrupta para abolir de vez o corte e seus apetrechos – a cicatriz, por exemplo.

E essa planura exigindo aclives e declives para se desviar do marasmo?

Não tem dúvida: é fruto de outras muitas reencarnações – motivo pelo qual tem a nítida sensação de que anda tempo todo tropeçando na Eternidade. Todos ficam perplexos estupidificados, mas ele consciente não se incomoda de jeito nenhum com seus reiterados transtornos de múltiplas personalidades.

Acomoda-se nos âmagos de si mesmo. Sabe que ainda vai demorar para conhecer a posição de todos os seus acidentes naturais ou artificiais: é um ser humano de topografia muito complexa.

E essas previsões que se desorientam nas encruzilhadas do imponderável? Não, ninguém nunca percebeu naquele mímico nenhum gesto de solidariedade.

Sensação de que já havia nascido secundário, que vive tempo todo no acostamento do indispensável. Analogia gramatical: sem autonomia sintática. Ninguém, áugure nenhum, nunca o adivinhou por indícios; dizem-garantem que ele nunca foi nem mesmo etecetera da frase de alguém. Às vezes se conforma sabendo da amplitude, do número cada vez maior daqueles que já nascem mancomunando com o Acaso. Entanto, continua predisposto a frustrar os acontecimentos casuais – estes que sempre transformam ele mesmo em penduricalho do próprio destino.

Sabemos que as tais perspectivas venturosas dele, nosso cavalheiro taciturno, são exímias tecedoras de desânimos e seus apetrechos decepcionantes – todos descomunais. Agora, nos últimos tempos, nosso inominado personagem procura, inútil, nas lojas esotéricas, incenso para invocar divindades capazes de estabelecer acoplamentos de afagos metafísicos.

Vítima de sucessivas iniquidades, carregava o estigma da desventura. Resignado, costumava dizer que não duvida de jeito nenhum da perpetuidade de certos-muitos-incômodos fadários. Dizia também que acreditava nas inexoráveis antecedências e posteridades – embora nunca ninguém havia sido capaz de decifrar tal complicada tese do antes e do depois. Quem acompanhou os últimos momentos de sua existência garante que não houve nenhum sinal de desilusão em seu olhar – alheamento sim.

Vivia enfunado de si próprio – bornal repleto de vaidades e pretensões. Ainda era possível vislumbrar em seu semblante silhuetas sombras de remotos recatos remotas discrições. Às vezes muito raramente às escondidas ficava alguns minutos prostrado aos pés da Desafetação procumbindo diante do Despojamento – recaídas constrangedoras. Entanto, recompunha-se ato contínuo reintegrando-se ao seu acervo de Fatuidades.

Os hiatos... Dizem que vive nos hiatos e aconchega-se prazenteiro nas lacunas: pertence possivelmente à árvore genealógica dos Alheados. Dizem também que é assim procedendo que adquiriu a Eternidade: a morte ignora os Intervalos.

Não gosta da vida, mas costuma dizer que é desgosto simbólico – descontentamento metafórico: considera sua existência figura de linguagem; tanto, que vive por um fio.

Agora conhece o poder ataráxico do Desdém – sabe da dificuldade de desenredar-se dos entrançados do nenhum outro e do exílio involuntário. Entanto, há quem diga que desde hoje cedo ele aprendeu a manipular com maestria a urdidura e a trama do Isolamento.

Fica no sótão, o baú de precariedades fica no sótão da casa dele. Ninguém nunca viu, mas vizinhos garantem que aquele senhor nonagenário-solitário, que vive num casarão daquela rua sem saída, guarda, a sete chaves, baú atafulhado de precariedades – entre tantas, muitos-inúmeros arrebatamentos que também não cumpriram seus objetivos.

Visões inquietantes provocando inevitáveis estremecimentos entre a mística e a descrença. Tempo todo sendo fustigado pelos mistérios, atormentado pelos incógnitos. Ceticismo suscitando tatibitates esotéricos. Até este momento ninguém ainda conseguiu explicar motivo pelo qual ele armazenou no órgão da visão indisfarçáveis infindáveis olhares incenso.

Tão obcecado pelo Momentâneo que, prevenido, guarda sempre na gaveta do criado-mudo poção razoável de fugazes para usos futuros.

Gosta de caminhar a esmo, trouxe-mouxe – sensação nítida de que seus passos são abstratos, seu itinerário insubstancial. Caminha para escamotear desígnios, esquivar-se dos intuitos, acalentar o furtivo. Ontem logo cedo depois de uma infinidade de batidas do pé contra obstáculos os mais diversos, percebeu, enfim, que os tropeços ignoram figuras de retórica.

Vivia alhures contíguo aos contratempos, vizinho parede e meia das Inadequações. O acaso sempre encontrou pretexto para enredá-lo nos empecilhos. Agora de uns tempos para cá as inconveniências se tornaram episódicas, intenções esconsas – motivo pelo qual desde semana passada resolveu ficar acocorado imóvel no porão do tempo estacionado no presente para quem sabe (?), reduzir a zero todas as probabilidades desairosas. A despeito de tudo, lembrou-se também de ter lido outro dia num livro de ficção científica que o Futuro já não é o que era.